&
TOME 1

AND

Mari Okazaki

Life

BIG Kana

& TOME 1

AND

Sommaire

AND

PAPA, TOI QUI ME REGARDES DU PARADIS...
BIEN VIVRE
KAORU AOKI, 4e ANNÉE, CLASSE 2
À L'HEURE OÙ JE TE PARLE, APRÈS 26 ANNÉES DE VIE, JE T'AVOUE...
... QUE JE NE COMPRENDS TOUJOURS PAS CES MOTS QUE J'AI ÉCRITS À L'ÉCOLE PRIMAIRE.

Number
1

NOUS N'AVONS RIEN À VOUS PROPOSER.

ÇA NE VA PAS ÊTRE POSSIBLE.
PAS CHEZ NOUS, NON...
NOUS N'AVONS RIEN.
NAVRÉ, MAIS C'EST IMPOSSIBLE.
NOUS AVONS CERTAINES RÈGLES À RESPECTER POUR NOS LOCATIONS.
MÊME EN CHERCHANT SUR INTERNET, JE NE TROUVE RIEN QUI CORRESPONDE.

123,000
153,000
NOUS N'AVONS RIEN.
JE DOUTE QUE LES PROPRIÉTAIRES SOIENT D'ACCORD.
AGENCE IMMOBILIÈRE
MALHEU-REUSEMENT, NOUS N'AVONS RIEN.
MAIS, SI VOUS Y TENEZ ABSOLUMENT, VOUS AUREZ PROBABLEMENT PLUS DE CHANCES EN NÉGOCIANT DIRECTEMENT AVEC UNE CONNAISSANCE PLUTÔT QU'AVEC UNE AGENCE IMMOBILIÈRE.
CHERCHEZ DU CÔTÉ DES PROPRIÉTAIRES PLUTÔT QUE DES LOCATAIRES.
は
PFFF

ÇA S'AVÈRE PLUS COMPLIQUÉ QUE PRÉVU !
ALORS QU'IL Y A TELLEMENT D'EMPLACEMENTS VIDES...
... PARTOUT DANS LE MONDE !
MAIS PEUT-ÊTRE... QU'IL N'Y EN A AUCUN POUR MOI.
PRIX SPÉCIAL

PEUT-ÊTRE QUE CE QUE JE RECHERCHE...
... N'EXISTE NULLE PART.
CE QUE JE DÉSIRE DU PLUS PROFOND DE MON ÊTRE...
QUAND JE VOIS CE QUE ÇA DONNE, JE COMPRENDS POURQUOI J'AVAIS SUSPENDU MES RECHERCHES.
... SEMBLE NE JAMAIS EXISTER SOUS LA FORME QUE J'ESPÈRE.
BON, BEN...
JE DEVRAIS PEUT-ÊTRE LAISSER TOMBER.
OUILLE OUILLE OUILLE...
...
C'EST MALIN ! PORTER CE TAILLEUR ET CES BELLES CHAUSSURES NE M'AURA APPORTÉ QUE DES AMPOULES AUX PIEDS.

BOM
AH !
EXCUSEZ-MOI !
C'EST RIEN.
JE N'AVAIS PAS VU QU'IL Y AVAIT QUELQU'UN À CÔTÉ DE MOI...
... SHIRO ?
C'EST TOI...

TU ME RECONNAIS ENFIN.
GRMBL
OUAAH ! ÇA POUR UNE SURPRISE ! TU N'AS PAS CHANGÉ !
TOI NON PLUS, TU...
1. DEPUIS COMBIEN DE TEMPS ON NE S'EST PAS VUS ?
BEN...
2. ALORS ÇA Y EST ? TU ES DIPLÔMÉ DE L'UNIVERSITÉ ?
EUH...
3. QU'EST-CE QUE TU FAIS, MAINTENANT ?
4. ET QU'EST-CE QUE TU FABRIQUES ICI ?
GRMBL

JE REPRENDS...
1. APRÈS TON DIPLÔME, ON S'EST CROISÉS À UNE SOIRÉE DU CLUB. ON NE S'EST PAS REVUS DEPUIS.
ÇA FAIT QUOI, ALORS, 3 ANS ? 4 ANS ? 2 ANS ?
TOUJOURS AUSSI VAGUE, À CE QUE JE VOIS...
2. J'AI QUITTÉ L'UNIVERSITÉ.
3. J'AI MONTÉ MA BOITE.
?
TU BOSSES DANS UNE BOITE ? TU OCCUPES QUEL POSTE ?
PAS "UNE" BOITE, "MA" BOITE. DONC...
TA PROPRE BOITE ?! T'ES PATRON, ALORS ?!
GRMBL
PDG !
C'EST FOU ! JE SUIS IMPRESSIONNÉE, MONSIEUR LE PDG !
BOF, C'EST PAS GRAND-CHOSE...
MOI, JE TRAVAILLE DANS LE COIN !
EN TOUT CAS, TU N'AS VRAIMENT PAS CHANGÉ, SHIRO !

ET POURTANT, ÇA FAIT UN BAIL...
... KAORU.
TU VIS DANS LE QUARTIER ?
4. MA BOITE SE TROUVE TOUT PRÈS D'ICI.
MAIS ON EST DIMANCHE !
ET TOI, ALORS ? QU'EST-CE QUE TU FABRIQUES ICI ?
JE...
... CHERCHE QUELQUE CHOSE.

POUR T'INSTALLER SEULE ?
NON, LES LOYERS DANS LE COIN SONT TROP ÉLEVÉS POUR MOI.
JE CHERCHE PLUTÔT UN BUREAU OU UNE PETITE BOUTIQUE.
TU VEUX LANCER TON ENTREPRISE ?
PAS EXACTEMENT.
JE NE COMPTE PAS LÂCHER MON EMPLOI ACTUEL.
ET C'EST QUOI, TON EMPLOI ACTUEL ?
JE SUIS SECRÉTAIRE MÉDICALE, JE TRAVAILLE DANS UN HÔPITAL.
MAIS BON, JE VAIS PEUT-ÊTRE ARRÊTER...

?
TU COMPTES ARRÊTER OU PAS, FINALEMENT ?
TU LAISSES TOMBER ? TU CONTINUES ?
AH, DÉSOLÉE !
JE ME PERDS TOUJOURS DANS MES CONVER-SATIONS !
JE PARLAIS DE MES RECHERCHES DE LOCAL...
C'EST AINSI QUE PETIT À PETIT...
ÇA M'EST REVENU EN TÊTE RÉCEMMENT, JE VIENS TOUT JUSTE DE M'Y REMETTRE, À VRAI DIRE.
MAIS PLUS J'AVANCE ET PLUS ÇA SEMBLE IMPOSSIBLE.
DOMMAGE, LE QUARTIER ME PLAISAIT BEAUCOUP.
C'EST SUR UNE GRAND-ROUTE, PROCHE DE LA GARE...
... ET IL Y A BEAUCOUP DE BUREAUX.
... ON EN VIENT À LAISSER TOMBER CERTAINES CHOSES, LES UNES APRÈS LES AUTRES.
AH ! MA SOCIÉTÉ SE TROUVE ICI.

C'EST LE NOM DE TA BOÎTE ?
TEAM GORILLA
C'EST ÇA.
TU LOUES LE BÂTIMENT EN ENTIER ?
OUI.
Tu peux entrer avec tes chaussures.
ÇA NE RESSEMBLE PAS À UNE ENTREPRISE...
Ça fait très traditionnel.
CRIK...
CET ENDROIT ÉTAIT UN BAR, AVANT, ET CETTE PIÈCE ÉTAIT UTILISÉE POUR STOCKER LA MARCHANDISE.
IL N'Y A PERSONNE ?
ON EST QUATRE AU TOTAL, ON BOSSE À L'ÉTAGE.
VOUS FAITES QUOI COMME TRAVAIL ?
CRIK...
CRIK...
CRIK...

DE LA PROGRAM-MATION.
TE VOILÀ ENFIN !
ON T'ATTENDAIT, SHIRO...

TU...
AH !
MAIS... TU ES AVEC UNE FILLE ?!
UNE FILLE ?!
WOOSH
シュッ
WOOSH
TADADAP
TADADAP
?
?
UNE FILLE !
UNE FILLE !
UNE FILLE !
UNE FILLE !
TERRIER

DIS DONC, SHIRO !
ON AVAIT DIT QUE LE PREMIER ÉTAGE ÉTAIT INTERDIT AUX PERSONNES EXTÉRIEURES À LA BOITE, NON ?!
TU VOIS BIEN QUE TU FAIS PEUR AUX PETITS !
REGARD ASSASSIN...
AH ! EXCUSEZ-MOI !
HI !
OUIIIN
KYAAAAH
...
JE SUIS DÉSOLÉ.
GRMBL

HEIN ?
BON ! ET CE TRAVAIL DE RÉCUPÉRATION ? ON EST ASSEZ PRESSÉS !
PSST
IL S'EST EXCUSÉ ! IL S'EST EXCUSÉ !!
PSST
SHIRO S'EST EXCUSÉ !
AH... EH BIEN, ON A CHERCHÉ LA CAUSE DU PROBLÈME, MAIS ON N'A...
J'AI TROUVÉ LE BUG À DISTANCE.
QUOI ? DÉJÀ ?!
TAC
MAINTENANT, IL NE RESTE PLUS QU'À LE DÉTRUIRE.

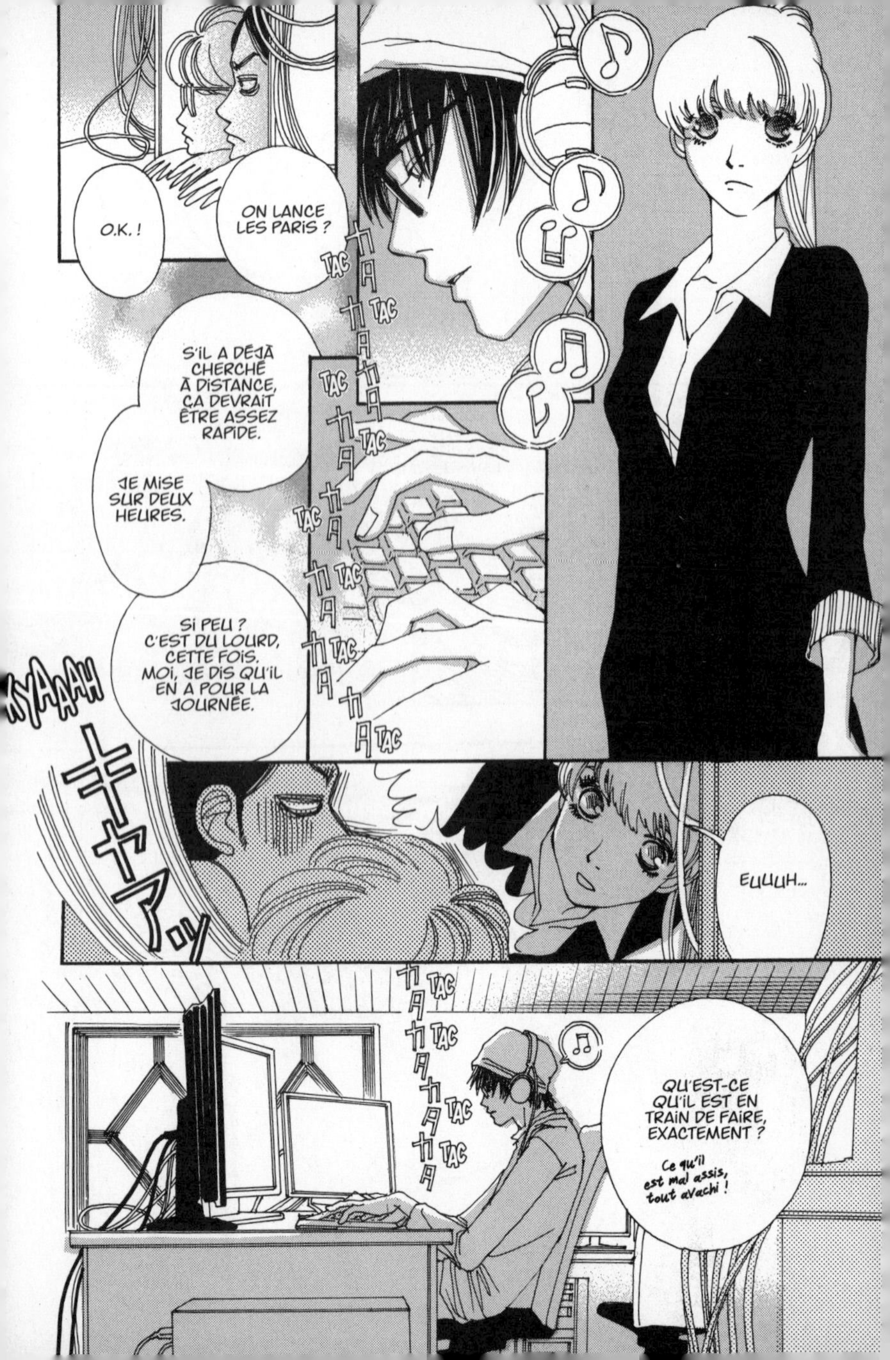
ON LANCE LES PARIS ?
O.K. !
TAC TAC TAC TAC TAC TAC TAC
S'IL A DÉJÀ CHERCHÉ À DISTANCE, ÇA DEVRAIT ÊTRE ASSEZ RAPIDE.
JE MISE SUR DEUX HEURES.
SI PEU ? C'EST DU LOURD, CETTE FOIS. MOI, JE DIS QU'IL EN A POUR LA JOURNÉE.
EUUUH...
KYAAAH
TAC TAC TAC TAC
QU'EST-CE QU'IL EST EN TRAIN DE FAIRE, EXACTEMENT ?
Ce qu'il est mal assis, tout avachi !

?
EH… EH BIEN… EN FAIT, C'EST DU DÉPANNAGE…
DU DÉPANNAGE ?
TAC TAC TAC
DES GENS ONT CRÉÉ UN NOUVEAU PROGRAMME, MAIS PAS MAL DE BUGS ONT ÉTÉ DÉCELÉS.
TAC TAC TAC
D'AUTRES TYPES PLANCHENT SUR LE PROBLÈME DEPUIS PLUSIEURS JOURS, MAIS SANS RÉSULTAT.
TAC TAC TAC TAC TAC TAC TAC TAC
VOILÀ POURQUOI ILS ONT FAIT APPEL À SHIRO.

TAC TAC TAC TAC TAC TAC TAC
カタカタカタカタカタカタカタ
IL VA POUVOIR LE RÉPARER ?
ON PARLE DE SHIRO, LÀ.
S'IL N'Y ARRIVE PAS, PERSONNE NE LE POURRA !
JE PARIE SUR 15 MINUTES !

TAC
TAC
TAC
TAC
TAC
CE SERAIT TROP RAPIDE, C'EST IMPOSSIBLE...
IL VA Y ARRIVER ! ♡
TAC
TAC
SHIRO N'EST PAS SURNOMMÉ "LE PROGRAMMEUR CHARISMATIQUE" POUR RIEN !
TAC
TAC

TAC
C'EST RÉPARÉ.
GRMBL !
INCROYABLE !
ET EN MOINS DE 15 MINUTES !
OOOOOOOOH
CLAP CLAP
J'AI TOUT RÉTABLI AU NIVEAU DES BUGS.
VOUS POUVEZ VOUS OCCUPER DU RESTE.
N'A PAS TOUT SUIVI.
MERC...
ÇA MARCHE !
JE N'ARRIVE PAS À CROIRE QUE VOUS SOYEZ LÀ-DESSUS DEPUIS HIER SOIR. VOUS ÊTES SÛRS D'ÊTRE INFORMATICIENS ?
WOOSH

...
TAC TAC TAC TAC TAC
TERRIFIE
TAC TAC TAC TAC TAC TAC
TERRIFIE
JE NE COMPRENDS PAS BIEN EN QUOI CONSISTE TON TRAVAIL, MAIS, EN TOUT CAS, TU TE DONNES À FOND !
TOI QUI ÉTAIS SI TACITURNE, AU CLUB...
Alors...
...
Comment on fait, déjà ?
ON POURRAIT ÉCHANGER NOS NUMÉROS VIA L'INFRAROUGE*...
... ET ALLER BOIRE UN VERRE ?
BOIRE UN VERRE ?!
* FONCTIONNALITÉ DU TÉLÉPHONE (UN PEU COMME LE BLUETOOTH) QUI PERMET DE S'ÉCHANGER LES NUMÉROS EN PLAÇANT LES TÉLÉPHONES L'UN PRÈS DE L'AUTRE.
OUI ! MAIS J'AI UNE FAIBLE TOLÉRANCE, DONC PAS TROP D'ALCOOL POUR MOI.
Alors, l'infrarouge...
TU NE TE SOUVIENS PAS ?

DE QUOI ?
EN TOUT CAS, TU AS VRAIMENT UN BEL ESPACE, ICI ! ET CETTE AMBIANCE TRADITIONNELLE EST APAISANTE...
ON N'UTILISE PRATIQUEMENT PAS LE REZ-DE-CHAUSSÉE.
GRMBL
QU'EST-CE QUE TU VIENS DE DIRE ?
JE DEMANDAIS, "ALLER BOIRE UN...
NON, JUSTE APRÈS !
QU'ON N'UTILISAIT PRATIQUEMENT PAS LE REZ-DE-CHAUSSÉE ?

"VOUS AUREZ PROBABLEMENT PLUS DE CHANCES EN NÉGOCIANT DIRECTEMENT AVEC UNE CONNAISSANCE PLUTÔT QU'AVEC UNE AGENCE IMMOBILIÈRE."
AGENCE IMMOBILIÈRE
GRAB

TU POURRAIS ME PRÊTER CET ENDROIT, EN SOIRÉE ?!
C'EST DÉCIDÉ, ALORS ?

CONSULTATIONS 1
SON PROPRIÉTAIRE EST UNE CONNAISSANCE, IL DOIT ENCORE LUI DEMANDER L'AUTORISATION.
MAIS A PRIORI, C'EST BON.
TU VAS VRAIMENT TE LANCER ?
OUI, MAIS...
PAF
KYAAH !

CESSEZ DE JACASSER INUTILEMENT !
ON POURRAIT VOUS RÉTROGRADER POUR ÇA.
DES FILLES POUR VOUS REMPLACER, IL Y EN A À LA PELLE !
BONJOUR...
DITES DONC, DOCTEUR YAGAI !
C'EST VOUS QUI AVEZ CASSÉ LE VÉLO DE RÉÉDUCATION, À FORCE DE LE MALMENER PENDANT VOS GARDES, HEIN ?!
IL ÉTAIT DÉJÀ CASSÉ AVANT !
QUOI QU'IL EN SOIT, JE VOUS INTERDIS DE REMONTER DESSUS ! NOUS AVONS DÉJÀ REÇU UNE PLAINTE !

ET AUSSI, VOUS... HÉ ! OÙ ALLEZ-VOUS, COMME ÇA ?!
FOUAH FOUAH
EXTÉNUÉ
PRENDRE MON PETIT DÉJEUNER.
J'étais de garde...
LES CONSULTATIONS VONT BIENTÔT COMMENCER !
IL PARAIT QU'IL EST DOUÉ, MAIS C'EST DIFFICILE À CROIRE, QUAND ON LE VOIT !
IL EST RÉPUTÉ DANS TOUT L'HÔPITAL POUR ÊTRE UNE VRAIE LANGUE DE VIPÈRE ET DÉTESTER TOUT LE MONDE.
De nombreux patients se plaignent de lui.
EN PLUS, JE SUIS SÛRE QUE C'EST UN PERVERS !
TU T'ENTENDS ÉTRANGEMENT BIEN AVEC LUI, TOI, KAORU !
PAS DU TOUT !
IL PASSE SON TEMPS À SE MOQUER DE MOI !
JE ME RAPPELLE LA PREMIÈRE FOIS OÙ NOUS AVONS DISCUTÉ, TOUS LES DEUX...
DOCTEUR ? JE PEUX SAVOIR CE QUE VOUS FAITES ICI ?
Une sieste...
AH ! TU ES LA SECRÉTAIRE MÉDICALE DE NOTRE SERVICE, C'EST BIEN ÇA ?

IL DORMAIT VRAIMENT...
TANT QUE TU ES LÀ, J'AURAIS BESOIN QUE TU MODIFIES L'HEURE D'ADMISSION D'UN PATIENT QUI EST ARRIVÉ CE MATIN.
Dans son dossier.
C'EST SOUVENT COMME ÇA, AVEC LUI.
JE L'AI FAIT ADMETTRE AVANT DE LE DIAGNOSTIQUER, ET MAINTENANT, LE PERSONNEL HOSPITALIER REFUSE DE LE PRENDRE EN CHARGE !
C'EST PEUT-ÊTRE SIMPLEMENT PARCE QUE LE PERSONNEL VOUS DÉTESTE, VOUS NE CROYEZ PAS ?
NOUS, LES SECRÉTAIRES, AVONS L'INTERDICTION FORMELLE DE MODIFIER LES DOSSIERS DES PATIENTS.
ET CE POUR UNE BONNE RAISON.
ME DÉTESTER ? ALORS QUE JE SUIS SI CANON ?
?
C'EST POUR QU'EN CAS DE PROCÈS...
... NOUS N'AYONS ABSOLUMENT RIEN À NOUS REPROCHER.
DANS CE CAS...
... VOUS N'AVEZ QU'À ME MENACER DE MORT.

HEIN ?
JE TROUVE ÇA TROP TRISTE POUR CE PATIENT.
ET SI JAMAIS NOUS AVONS UN PROCÈS...
... JE POURRAI ME DÉFENDRE EN DISANT QUE VOUS M'AVEZ MENACÉE.
OOOH...
BAM
FLAP FLAP FLAP

JE VAIS TE CREVER, ESPÈCE DE GARCE !
POF

JE COMPTE SUR TOI !
ALLEZ, À PLUS !
DEPUIS CE MOMENT-LÀ...
IL GARDE TOUJOURS SA MAIN GAUCHE...
DOCTEUR KÔGA YAGAI, SPÉCIALISTE EN CHIRURGIE CARDIOTHO-RACIQUE.
... IL A L'AIR DE SE SOUCIER DE MOI.
OU PAS...
... DANS SA POCHE, QUAND IL MARCHE.
ÇA M'ÉTONNERAIT QU'IL SE PRÉOCCUPE DE MOI.
DANS LES FILMS OU LES SÉRIES TÉLÉ QUI SE DÉROULENT DANS UN MILIEU HOSPITALIER...
... EN GÉNÉRAL, ON NE VOIT QUE LES MÉDECINS, LES INFIRMIERS ET LES PATIENTS.

IL VEUT PROBABLEMENT JUSTE SE PAYER MA TÊTE...
MAIS LES GENS COMME MOI, LES SECRÉTAIRES ET TOUT LE PETIT PERSONNEL, PERSONNE NE RETIENT LEURS NOMS.
ACCUEIL
AAAH !
C'EST ENFIN TERMINÉ POUR L'ÉQUIPE DU MATIN !
C'EST TOUJOURS BONDÉ LES LUNDIS, HEIN ?
MAIS IL SE TROUVE PAR HASARD QUE MIYUKI, L'UNE DES INFIRMIÈRES ICI, VIENT DU MÊME COLLÈGE QUE MOI.
AU FAIT, KAORU ! TU COMPTES LE COMMENCER QUAND, TON DEUXIÈME TRAVAIL ?
AUJOURD'HUI !
IL Y A PAS MAL DE PRÉPARATIFS QUI M'ATTENDENT.
J'Y TRAVAIL-LERAI TOUS LES JOURS.

TOUS LES JOURS ?!
MAIS ÇA NE LAISSE AUCUNE SOIRÉE DE LIBRE POUR DES RANCARDS, ÇA !
JE N'AI PERSONNE, DE TOUTE FAÇON.
EH BIEN, TROUVE-TOI QUELQU'UN !
ET TOI, MIYUKI ?
JE VAIS PASSER LE RESTE DE LA JOURNÉE CHEZ UN HOMME ! ♡
JE ME DEMANDE CE QUI ARRIVERA EN PREMIER ENTRE LE FAIT QUE TU TE TROUVES UN COPAIN ET MON REMARIAGE !
PLUTÔT QUE DE TE TUER À LA TÂCHE, TU DEVRAIS TE CASER AVEC UN HOMME.
C'EST LE PLUS IMPORTANT POUR UNE FEMME, NON ?

POURQUOI ?!
POURQUOI LUI AS-TU PROMIS UNE TELLE CHOSE ?!
ET POURQUOI PAS ? ON N'UTILISE PAS LE REZ-DE-CHAUSSÉE, DE TOUTE FAÇON.
CE N'EST PAS UNE RAISON POUR LE LUI LOUER, ÇA NE VA T'ATTIRER QUE DES ENNUIS !
REGARD ASSASSIN
HIII
EXCUSEZ-MOI !
C'EST MOI, AOKI ! JE VAIS M'INSTALLER À PARTIR D'AUJOURD'HUI, ENCORE MERCI DE ME PRÊTER CET ENDROIT !

UNE FILLE !
UNE FILLE !
JE COMPTE TRAVAILLER ICI TOUS LES JOURS DE LA SEMAINE, À PARTIR DE 18 HEURES ET JUSQU'AU DERNIER TRAIN, À PEU PRÈS.
NE VOUS EN FAITES PAS, JE RANGERAI ET NETTOIERAI TOUT AVANT DE PARTIR.
JE NE METTRAI PAS DE MUSIQUE ET RESTERAI AUSSI SILENCIEUSE QUE POSSIBLE.
ET BIEN SÛR, JE VOUS PAYERAI UN LOYER.
TU SAIS...
... JE CROIS QU'ON DEVRAIT DÉFINIR QUELQUES RÈGLES, AVANT QUE TU NE T'INSTALLES. APRÈS TOUT, ON TRAVAILLE TOUS ICI.
LA PREMIÈRE RÈGLE CONCERNE LE FAIT DE RAMENER DES MECS ICI.
C'EST INTERDIT, COMPRIS ?!

À CE NIVEAU-LÀ...
... C'EST BON.
JE SUIS NÉE IL Y A 26 ANS ET...
PAS DE SOUCI !
... JE NE SUIS JAMAIS SORTIE AVEC PERSONNE.

EN ÉCHANGE, CE SERAIT POSSIBLE QUE JE MODIFIE UN PEU LA DISPOSITION DES MEUBLES ET QUE J'UTILISE LES ARMOIRES ?
Elle est bonne poire.
COMMENT ÇA, "EN ÉCHANGE" ? EN ÉCHANGE DE QUOI ?!
ET PUIS D'ABORD, QU'EST-CE QUE TU COMPTES OUVRIR, COMME BOUTIQUE ?
OUI, C'EST VRAI, ÇA ! QU'EST-CE QUE TU COMPTES OUVRIR, COMME BOUTIQUE ?
TU NE LE LUI AVAIS PAS DEMANDÉ, SHIRO ?!
JE SAIS...
"TU DEVRAIS TE CASER AVEC UN HOMME. C'EST LE PLUS IMPORTANT POUR UNE FEMME, NON ?"
JE LE SAIS BIEN.
EXCUSEZ-MOI.
VOUS AVEZ RAISON, J'AURAIS DÛ COMMENCER PAR LÀ.
QUELQUE PART AU FOND DE MOI, J'EN SUIS CONSCIENTE.
POC
MAIS, SI JE VEUX M'Y METTRE, C'EST MAINTENANT OU JAMAIS.

EN TANT QUE FEMME, JE NE DONNE PEUT-ÊTRE PAS LA PRIORITÉ AUX BONNES CHOSES.
MAIS QUOI QU'IL EN SOIT...
... MOI, KAORU AOKI...
JE VAIS OUVRIR UN SALON DE MANUCURE !
... JE VAIS COMMENCER MON DEUXIÈME TRAVAIL !
J'ESPÈRE QUE NOUS POURRONS TOUS TRAVAILLER DANS DE BONNES CONDITIONS !

Number
2

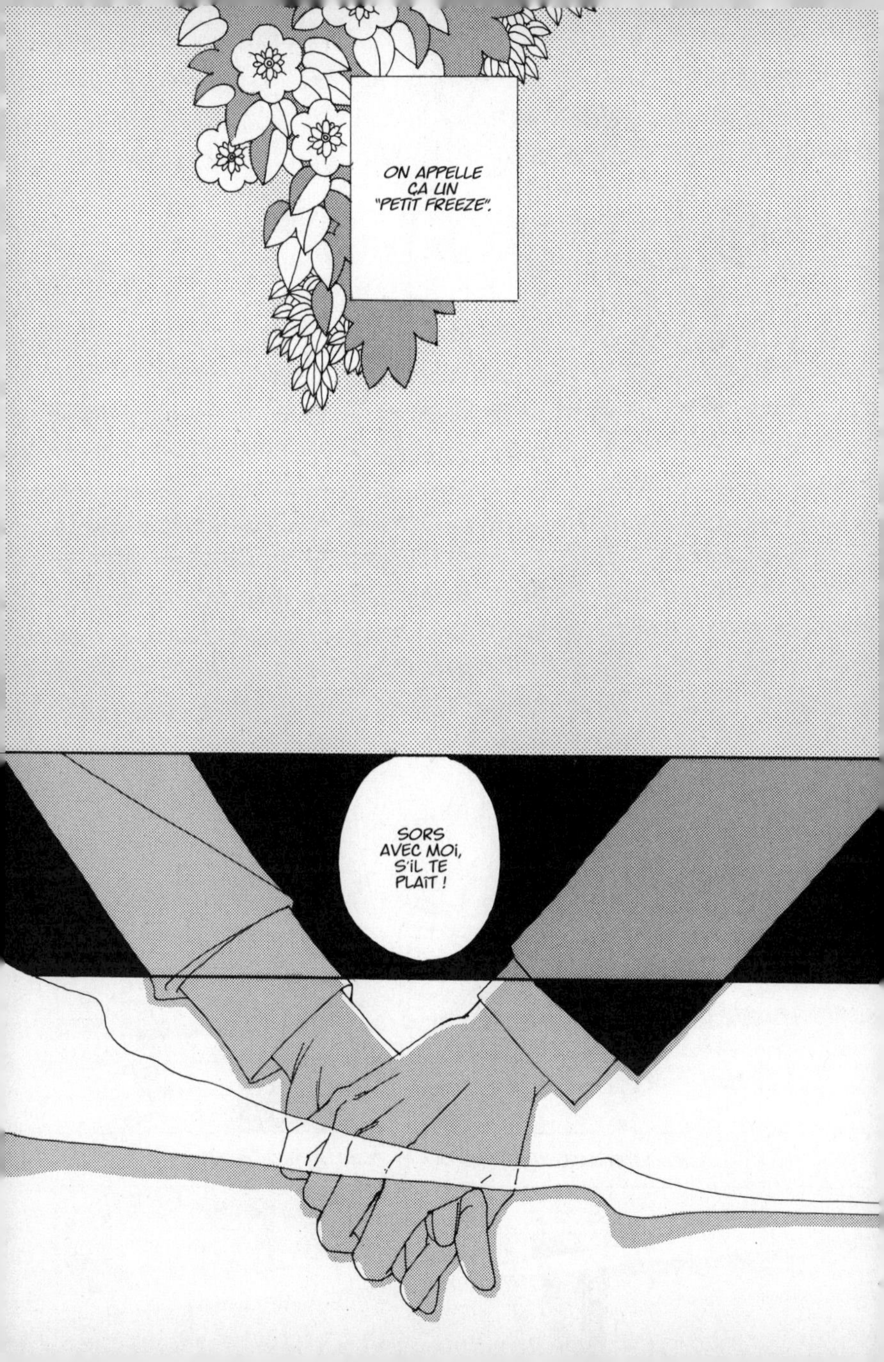
ON APPELLE ÇA UN "PETIT FREEZE".
SORS AVEC MOI, S'IL TE PLAIT !

JE L'AI COMPRIS AU COLLÈGE...
... LORSQU'UN GARÇON M'A PRIS LA MAIN POUR LA PREMIÈRE FOIS.

"JE SUIS DÉSOLÉE, MAIS JE NE T'AIME PAS."
HÉ HO !

TAC TAC TAC TAC
カタカタカタカタ
QUI T'A DEMANDÉ DE RACONTER TES EXPÉRIENCES DE COLLÉGIENNE ?
ON N'EST PAS DANS UNE ÉMISSION DE POTINS AMOUREUX, ICI !
CE QUE JE VOULAIS DIRE, C'ÉTAIT SIMPLEMENT QU'IL N'Y A PAS DE RAISON PARTICULIÈRE À CE QUE JE N'AIE PAS DE PETIT AMI À MON ÂGE.
JE T'EXPOSAIS JUSTE MON HISTOIRE...
"POURQUOI TU N'AS PAS DE PETIT AMI ?" CETTE QUESTION REVIENT SANS CESSE.
O.K., JE VOIS, J'AI LE RÔLE DE LA PRÉSENTATRICE.
Bonjour, chers téléspectateurs !
NON, CE N'ÉTAIT PAS MON INTENTION.
EXCUSE-MOI.
LES SEULS MOMENTS OÙ JE ME SENS GÊNÉE DE NE PAS EN AVOIR, CE SONT CEUX COMME CELUI-CI.
TU N'AS VRAIMENT PAS DE COPAIN ?
NON.
TU NE SERAIS PAS LESBIENNE, PAR HASARD ?
QU'EST-CE QUE ÇA POURRAIT BIEN TE FAIRE ?
HEIN ?! QUOI, TU L'ES ?!
PAS DU TOUT.
JE N'AI MOI-MÊME AUCUNE RÉPONSE À CETTE QUESTION.

TOUT CE QUE J'AI, CE SONT CES HORRIBLES SOUVENIRS.
KAORU...
HAN !
"KAORU" ?!
P... POURQUOI TU ES AUSSI FAMILIER ? TU M'APPELAIS ENCORE PAR MON NOM DE FAMILLE, TOUT À L'HEURE !
JE ME SUIS DIT QUE CE SERAIT PLUS APPROPRIÉ À L'AMBIANCE.
QUELLE AMBIANCE ?!

HAN-I
HAN-I
HAN-I
ON EST DE SIMPLES AMIS, NON ?!
TU L'AS ENCORE DIT IL N'Y A PAS SI LONGTEMPS !
HEIN ? JE N'AI JAMAIS DIT...
SI ! TU AS DIT QU'IL N'Y AVAIT RIEN DE PLUS ENTRE NOUS !
ET C'EST CE QUE JE PENSE, MOI AUSSI...
POU...
POURQUOI TU ES VENUE SUR LA PLAGE AVEC MOI, ALORS ?!
HEIN ?
JE T'AI PAYE UNE GLACE, TOUT À L'HEURE !
HEIN ?!
ET C'EST AUSSI MOI QUI AI PAYE TON BILLET DE TRAIN !
HEIIIIN ?!

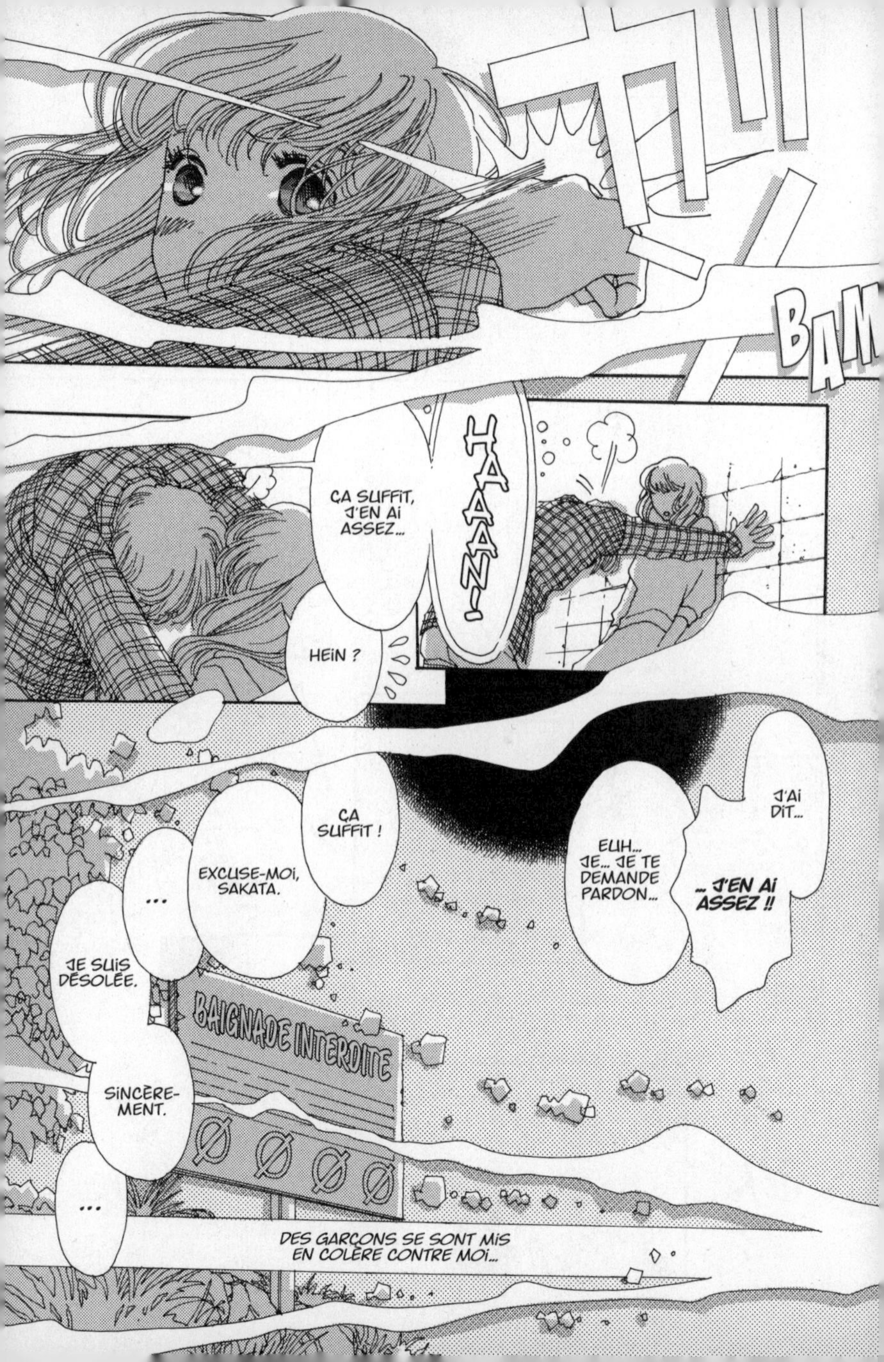
BAM
HAAAN!
ÇA SUFFIT, J'EN AI ASSEZ...
HEIN ?
J'AI DIT...
... J'EN AI ASSEZ !!
EUH... JE... JE TE DEMANDE PARDON...
ÇA SUFFIT !
EXCUSE-MOI, SAKATA.
...
JE SUIS DÉSOLÉE.
SINCÈRE-MENT.
...
BAIGNADE INTERDITE
DES GARÇONS SE SONT MIS EN COLÈRE CONTRE MOI...

KYA HA HA HA !
WAOUH ! EN GÉNÉRAL, PERSONNE NE DEVINE CORRECTEMENT À LA PREMIÈRE SOIRÉE !
C'EST FOU !
TU ME FAIS TROP RIRE, KUBO !
POF トン
TU ES DE QUEL GROUPE SANGUIN ?
ZWOUUP ツツツ...
MOI, JE SUIS B !
ZWOUUP ツツツ...
POF トン...

HA HAHAHA HA !
ET APRÈS...
JE VAIS AUX TOILETTES.
AH ! TU PARLES DE CETTE FILLE AVEC LA FRANGE ?
NAN, NAN ! LAISSE TOMBER !
ELLE EST TROP PRUDE, ELLE VA TE DONNER DE FAUX ESPOIRS.
À CE POINT-LÀ ?
C'EST LE GENRE DE NANA À PROBLÈMES, CROIS-MOI.
NOUS REVOILÀ...
VOUS EN AVEZ MIS DU TEMPS !
ON EN A PROFITE POUR EN FUMER UNE.
... OU M'ONT CRITIQUÉE.

APRÈS TANT D'ERREURS...
... J'ÉTAIS INCAPABLE D'AVANCER...
HEIIIN ?
VOUS SORTEZ ENSEMBLE, TOUS LES DEUX ?! JE NE SAVAIS PAS !
J'AI ÉTÉ DÉÇUE...
J'AVAIS BEAU PLEURER, ÊTRE AU FOND DU TROU...
... JE SAVAIS QUE RIEN NE SERAIT PLUS JAMAIS COMME AVANT, ENTRE NOUS.
NON, JE...
JE SUIS DÉSOLÉE !
J'AI FUI...
KAORU !
CE QUE L'ON DÉSIRE...
J'AI FUI À TOUTES JAMBES !
... SE TROUVE TOUJOURS AU-DESSUS DES NUAGES...
TOUT ÇA N'A FAIT QUE SE RÉPÉTER DURANT TOUTES CES ANNÉES.

MAIS...
OH LÀ LÀ ! TU N'ES PAS FACILE COMME FILLE, DIS DONC !
ET EN PLUS, JE ME FAIS SERMONNER...
... EST-CE VRAIMENT UNE SI MAUVAISE CHOSE QUE ÇA, D'ÊTRE CÉLIBATAIRE ?
UN PETIT AMI, ÇA SE CHERCHE ET ÇA SE TROUVE ! ÇA NE VA PAS TOMBER DU CIEL DROIT DANS TES BRAS !
JE SAIS...
BON, EH BIEN ALORS ! TU ESSAYES, AU MOINS ?!
PAS FRANCHEMENT, NON.
MAIS SI JE DEVAIS ÉVOQUER UNE BONNE RAISON À ÇA, JE DIRAIS QUE...
... JE N'AIME PAS TROP ÊTRE TOUCHÉE PAR DES ÉTRANGERS. ÇA ME MET MAL À L'AISE.
JE...

TU COMPTES TRAVAILLER UN JOUR, TOI ?!
GRMBL
MONSIEUR L'ORDINATEUR N'ARRÊTE PAS DE ME FAIRE DES PETITS FREEZES.
"MONSIEUR L'ORDINATEUR" ?
DES "PETITS FREEZES" ?
C'EST QUAND UN ORDINATEUR SE MET À RAMER ET À NE PLUS RÉPONDRE.
J'AI BEAU LE REDÉMARRER À CHAQUE FOIS, IL PLANTE PRESQUE INSTANTANÉMENT.
IL AIME S'ARRÊTER EN PLEIN MILIEU DE TOUT, C'EST SA PETITE HABITUDE.

UN PEU…
… COMME TOI.
TU NE FAIS QUE T'ARRÊTER.
TU FREEZES.
INCAPABLE DE SONDER L'AMBIANCE.
QU'EST-CE QUE TU FAIS, KAORU ?
GRMBL
AH ! JE ME PRÉPARE À OUVRIR LA BOUTIQUE, DONC JE CRÉE UNE PAGE INTERNET !
CE NE SERAIT PAS PLUS FACILE DE TE FAIRE UN BLOG, PLUTÔT ?
C'est moins "prise de tête".
JE SUIS SEULE ET JE N'OUVRIRAI QUE LE SOIR, JE PRÉFÈRE ESSAYER DE TOUCHER UN MAXIMUM DE GENS.
C'EST MIEUX SI JE CRÉE UNE BELLE PAGE AVEC UN VRAI MENU. LA PRÉSENTATION JOUE BEAUCOUP.

JE VOUDRAIS PRÉVENIR AUSSI LES CLIENTES CHEZ QUI JE SUIS DÉJÀ ALLÉE, QUAND JE ME DÉPLAÇAIS.
GRMBL
GRMBL
TU T'ES PLANTÉE DE CODE SOURCE.
GRMBL
HEIN ? OÙ ÇA ?
Tu le vois de si loin ?!
AH OUI, TU AS RAISON !
DIS ! COMME JE BOSSE À L'HÔPITAL LA JOURNÉE, JE VOUDRAIS QUE MES CLIENTES PUISSENT PRENDRE RENDEZ-VOUS EN LIGNE...
DANS CE CAS, IL TE FAUT UN PROGRAMME...
...

HARU ! TON PC EST DE NOUVEAU EN ÉTAT !
UNE FILLE ! UNE FILLE !
ILS LUI ONT REMIS EN ÉTAT.
TSS ! BON, JE VAIS ME REMETTRE AU BOULOT !
...
DIS-MOI...
POURQUOI OUVRIR UN SALON DE MANUCURE...
... SI TU NE SUPPORTES PAS D'ÊTRE TOUCHÉE PAR DES ÉTRANGERS ?

QUAND C'EST POUR LE TRAVAIL...
... ÇA NE ME POSE AUCUN PROBLÈME.
PIIIN POOON
PIIIN POOON

CONSULTATIONS 1
BROUHAHA
BROUHAHA
BROUHAHA
MONSIEUR MIMURA !
YÛYA MIMURA !
LES JOURS DE PLUIE, LA SALLE D'ATTENTE DES CONSULTATIONS NE DÉSEMPLIT PAS.
MERCI POUR VOTRE PATIENCE. PRENEZ CES DOCUMENTS ET RENDEZ-VOUS À LA SALLE DES RADIOS.
ELLE SE TROUVE...
BEAUCOUP DE GENS VIENNENT NOUS VOIR POUR DES PETITS TRAUMAS...
... LE PLUS SOUVENT DUS À DES CHUTES OU À DES ACCIDENTS.
CERTAINS PATIENTS, QUI ONT UN PEU PLUS DE MAL À SE DÉPLACER, NE SE PRÉSENTENT PAS À LEUR RENDEZ-VOUS ET METTENT TOUT LE MONDE EN RETARD.
EXCUSEZ-MOI ! ÇA FAIT DÉJÀ UNE HEURE QUE J'ATTENDS...

PUIS-JE AVOIR VOTRE NOM, S'IL VOUS PLAIT ?
C'EST HAIBARA...
HAIBARA... OUI, VOUS PASSEZ EN DEUXIÈME, IL VA FALLOIR ATTENDRE ENCORE UN PEU.
ÇA NE M'ARRANGE PAS, ÇA ! CE N'ÉTAIT PAS SI LONG LA SEMAINE DERNIÈRE !
JE SUIS DÉSOLÉE.
EXCUSEZ-MOI ! J'AI FINI...
MERCI !
AH ! JE VOIS QUE VOUS DEVEZ ALLER FAIRE UNE PRISE DE SANG. JE VOUS INDIQUE LE CHEMIN...
À QUOI ÇA SERT DE PRENDRE RENDEZ-VOUS SI LES HORAIRES NE SONT PAS RESPECTÉS ?!
JE SUIS SINCÈREMENT DÉSOLÉE.
JE SUIS ARRIVÉ À L'HEURE, MOI !
MON ÉTAT VA EMPIRER À FORCE D'ATTENDRE !
JE COMPRENDS...
EXCUSEZ-MOI... MOI AUSSI, J'ATTENDS DEPUIS LONGTEMPS...
TRÈS BIEN, JE VAIS FAIRE UNE RECHERCHE.
À QUI DOIT-ON SE PLAINDRE, POUR ÇA ?!
MONSIEUR HAIBARA !
J'AI PARLÉ AU MÉDECIN, IL VA VOUS RECEVOIR D'ICI QUELQUES MINUTES.

AAH ! C'EST VRAI ?
ÇA AURAIT QUAND MÊME ÉTÉ MIEUX QUE VOUS FASSIEZ VOTRE RADIO AVANT !
MONSIEUR HAIBARA EST INVITÉ À SE RENDRE DANS LA SALLE D'EXAMENS NUMÉRO 2 !
BONJOUR, DOCTEUR !
MERCI !
LES GENS ONT TENDANCE À SE CALMER PLUS VITE QUAND UNE AUTRE PERSONNE S'EN MÊLE. ♫
HAHAHA ! VOUS AVEZ L'AIR EN FORME, DOCTEUR !
LES PATIENTS N'EXPRIMENT JAMAIS LEUR MÉCONTENTEMENT DEVANT LES MÉDECINS.

RÉPONDRE AUX PLAINTES FAIT AUSSI PARTIE DE MON TRAVAIL.
MAIS BON...
NOUS, LES EMPLOYÉS DE BUREAU, N'AVONS PRATIQUEMENT AUCUNE AUTORITÉ. IL N'Y A PAS GRAND-CHOSE QUE NOUS PUISSIONS FAIRE.
EXCUSEZ-MOI !
LA DATE DU PROCHAIN RENDEZ-VOUS N'EST PAS ÉCRITE SUR MA FACTURE !
LE MÉDECIN A OUBLIÉ DE L'ENCODER...
JE VAIS VOUS L'AJOUTER TOUT DE SUITE.
ELLE N'EST PLUS LÀ, L'INFIRMIÈRE DE TOUT À L'HEURE ?
NON, JE SUIS DÉSOLÉE.
MON PÈRE EST DÉCÉDÉ UN JOUR DE PLUIE COMME CELUI-CI.
PIIIN POOON
PIIIN
KYAHAHA ! VOYONS, DOCTEUR !

EXCUSE-MOI...
MA MAIN A GLISSÉ !
SINON, ÇA TE DIRAIT DE VENIR PRENDRE UN VERRE AVEC MOI, CE SOIR ?
C'EST AU MOINS LA 100e FOIS QUE VOUS ME POSEZ LA QUESTION !
OUPS ! C'EST MA BOUCHE QUI A ENCORE GLISSÉ !
WOOSH
COUCOU, TOI ! ÇA TE DIRAIT DE...

QUE VIENT FAIRE UN MÉDECIN URGENTISTE AUX CONSULTATIONS EXTERNES ?
C'EST VRAI !
AH ! J'OUBLIAIS !
JE CHERCHE LE DOCTEUR YAGAI !
IL N'A PAS DE CONSULTATIONS AUJOURD'HUI.
HMM... LA CONFÉRENCE VA BIENTÔT COMMENCER, JE PENSAIS QU'IL TRAÎNAIT QUELQUE PART POUR TUER LE TEMPS.
JE N'ARRIVE PAS À LE JOINDRE SUR SON PORTABLE.
MOI...
... JE CROIS QUE JE SAIS OÙ IL EST. VOULEZ-VOUS QUE J'AILLE LE CHERCHER ?
LES CONSULTATIONS SONT TERMINÉES, J'AI UN PEU DE TEMPS DEVANT MOI.

CE SERAIT FORMIDABLE, JE COMPTE SUR...
WOOSH
C'EST ELLE, AOKI ?
OUI, ELLE EST SECRÉTAIRE MÉDICALE.
HMM...
DOCTEUR AKASAKA... VOUS VOUS ENTENDEZ BIEN AVEC LE DOCTEUR YAGAI ?
OUI ! D'AILLEURS, JE PENSAIS MANGER AVEC LUI, CE MIDI. ♡
LE DOCTEUR YAGAI...
... EST DANS CET HÔPITAL DEPUIS LONGTEMPS, N'EST-CE PAS ?
POURQUOI N'A-T-IL PAS PLUTÔT CHOISI UN HÔPITAL UNIVERSITAIRE ?
IL EST TRÈS TALENTUEUX.

QUOI, ÇA T'INTÉRESSE ?
PAS PLUS QUE ÇA !
C'EST JUSTE QU'IL NE PARLE JAMAIS DE LUI, ALORS...
RÉSERVE B
IL EST LÀ...
JE VOIS...
JE NE SUIS PAS SURPRIS QUE TU NE SOIS PAS AU COURANT. TU ES ENCORE JEUNE, ÇA NE FAIT PAS ASSEZ LONGTEMPS QUE TU TRAVAILLES ICI...

* L'EDC (ÉPREUVE DIRECTE DE COMPATIBILITÉ) EST UN TEST RÉALISÉ POUR TESTER LA COMPATIBILITÉ SANGUINE D'UN PATIENT AVANT UNE TRANSFUSION.

DOCTEUR YAGAI ?
STOP

...?
?
?
?
BRR-I
BRR-I
BRR-I
FSHAAAAA

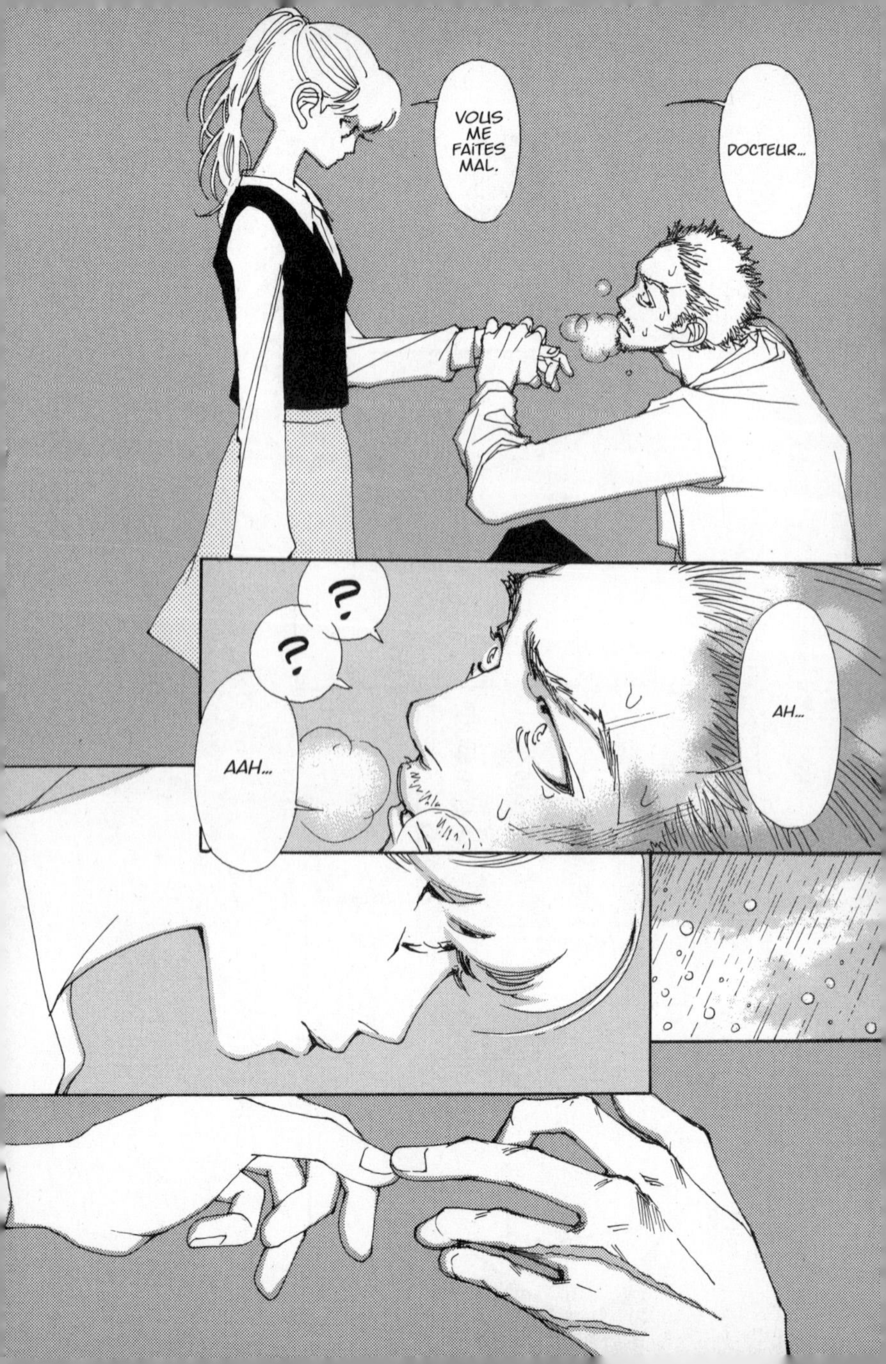
DOCTEUR...
VOUS ME FAITES MAL.
AH...
?
?
AAH...

AAAH...
CE N'ÉTAIT QU'UN RÊVE...
HA HA HA HA HA !
AH LÀ LÀ...
LE DOCTEUR AKASAKA VOUS CHERCHE.
AAAH...
HA HA HA HA !
LAISSE-LE SE TRACASSER UN PEU. IL S'EN FAIT JUSTE À CAUSE DE LA PLUIE.
ALLEZ, BYE-BYE !
C'EST UNE TENTATIVE DE SUICIDE ?

TU ME PRENDS POUR UN IMBÉCILE ?
JE SUIS MÉDECIN, JE ME SERAIS OUVERT LES VEINES PLUS PROPREMENT QUE ÇA SI J'AVAIS VOULU ME SUICIDER.
IL N'Y A PAS DE QUOI ÊTRE FIER.

PLIC
PLIC
PLIC
PLIC
PLIC
PLIC
PLIC
PLIC
J'AI ÉTÉ BLESSÉ EN TENTANT DE ME PROTÉGER.
UNE FILLE QUI A TENDANCE À "S'ARRÊTER".
QUI DÉTESTE QU'ON LA TOUCHE.

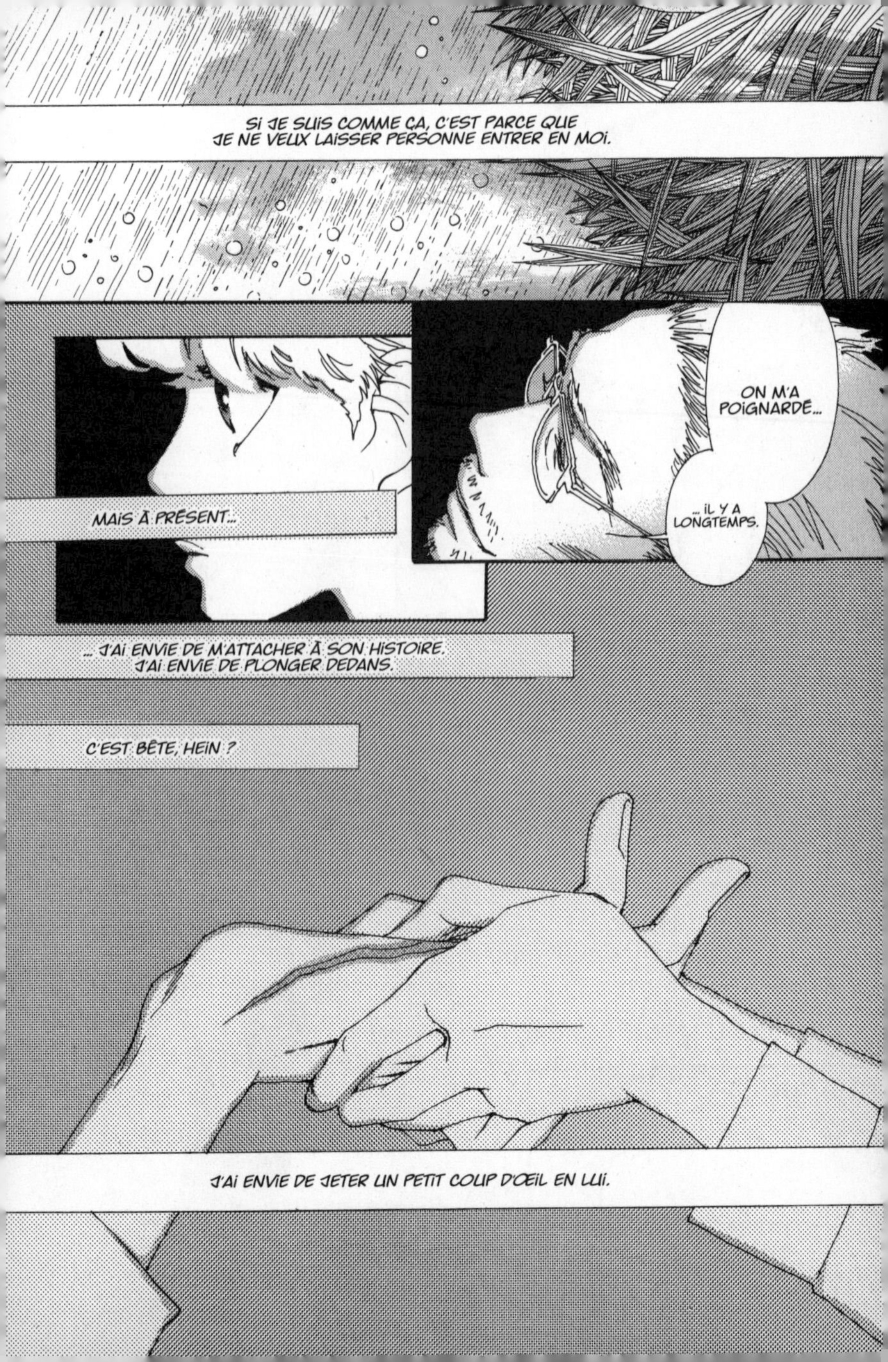

SI JE SUIS COMME ÇA, C'EST PARCE QUE JE NE VEUX LAISSER PERSONNE ENTRER EN MOI.
ON M'A POIGNARDÉ...
... IL Y A LONGTEMPS.
MAIS À PRÉSENT...
... J'AI ENVIE DE M'ATTACHER À SON HISTOIRE. J'AI ENVIE DE PLONGER DEDANS.
C'EST BÊTE, HEIN ?
J'AI ENVIE DE JETER UN PETIT COUP D'OEIL EN LUI.

Number
3

EXCUSE-MOI D'ÊTRE PASSÉE À L'IMPROVISTE.
C'EST PLUTÔT À MOI DE M'EXCUSER, LA BOUTIQUE N'EST MÊME PAS ENCORE PRÊTE.
JE PRENDS MON TEMPS...
ÇA TE RESSEMBLE BIEN, KAORU ! ET PUIS ÇA NE FAIT RIEN, ON A MOINS L'IMPRESSION DE DÉRANGER, COMME ÇA.
AH BON ?
EN TOUT CAS, CE SALON DE MANUCURE NOCTURNE EST UNE EXCELLENTE IDÉE ! JE POURRAI FACILEMENT REPASSER DU BOULOT.
...
KAORU ?
AH ! PARDON !

OUI…
AU DÉPART…
… JE VOULAIS SIMPLEMENT ME TROUVER UN DEUXIÈME BOULOT.
VITE…
ET C'EST ALORS QUE CETTE IDÉE ME TROTTAIT DANS LA TÊTE…
… QUE J'AI REMARQUÉ UNE CHOSE.
JE DOIS VITE COMMENCER…
LA NUIT…
… PRATIQUEMENT TOUTES LES BOUTIQUES SONT FERMÉES…
… ET NE SONT PLUS UTILISÉES.
JE ME SUIS DIT QUE C'ÉTAIT…
… UN SACRÉ GÂCHIS.

TOUS CES ENDROITS INUTILISÉS...
JE COMPRENDS QUE ÇA COÛTE BEAUCOUP D'ARGENT À UNE ENTREPRISE DE FAIRE TOURNER UNE BOÎTE LA NUIT, ET QUE CE N'EST PROBABLEMENT PAS ASSEZ RENTABLE.
MAIS, POUR UNE INDÉPENDANTE COMME MOI, ÇA ME SEMBLE DÉJÀ PLUS ACCESSIBLE.
TIENS ?
LA CAUTION À PAYER EST TRÈS ÉLEVÉE POUR LOUER UNE BOUTIQUE. ÇA M'A UN PEU DÉCOURAGÉE, AU DÉBUT.
CLINIQUE SPÉCIALISÉE
MINCE, JE ME SUIS ENCORE ENDORMIE.
À CE RYTHME-LÀ, IL SE PEUT QUE ÇA N'AVANCE JAMAIS...
EN TOUT CAS, JE SUIS TRÈS ADMIRATIVE !
ON POURRAIT PRESQUE DIRE QUE TU T'ES LANCÉE SUR UN COUP DE TÊTE, NON ?

IRRITÉ
BEN ALORS ? MONSIEUR ÉCOUTE EN DOUCE CE QUI SE PASSE AU REZ-DE-CHAUSSÉE ?
ET SUR LE PALIER, EN PLUS ! C'EST GLAUQUE !
PAS DU TOUT !
JE N'ÉTAIS PAS EN TRAIN DE LES ESPIONNER !
...
TU L'AS FAIT EXPRÈS, PAS VRAI ?

DE QUOI ?
QUAND TU AS RÉPARÉ CE BUG, L'AUTRE JOUR.
TU L'AS FAIT DEVANT ELLE, PARCE QUE TU ÉTAIS SÛR DE TON COUP.
REGARD ASSASSIN
PETITE FOUINEUSE
KYAAAH
KYAAAH
...
N'IMPORTE QUOI...
GRMBL... GRMBL... GRMBL !
SHIRO S'EST ENCORE CALMÉ AVANT DE SE METTRE EN COLÈRE !
GRMBL... GRMBL... GRMBL !
ARRÊTEZ DE COMMENTER TOUT CE QUI SE PASSE !!
YOUHOUUUU !
Ils adorent qu'on réagisse à ce qu'ils font ou disent.

AU FAIT !
JE N'AI TOUJOURS PAS TROUVÉ DE NOM POUR MON SALON !
TOUT S'EST FAIT UN PEU PRÉCIPITAMMENT, JE N'AI MÊME PAS ENCORE PU PRÉVENIR TOUTES MES CLIENTES.
TIENS ?
ÇA ME PREND PLUS DE TEMPS QUE PRÉVU.
TU AS DE LA CHANCE DE POUVOIR LOUER CET ESPACE À UNE CONNAISSANCE !
IL NE TE FAUDRA PAS ATTENDRE LONGTEMPS AVANT QUE ÇA NE TE RAPPORTE UN BON COMPLÉMENT DE SALAIRE !
HA HA HA HA !
VOILÀ, C'EST TERMINÉ.

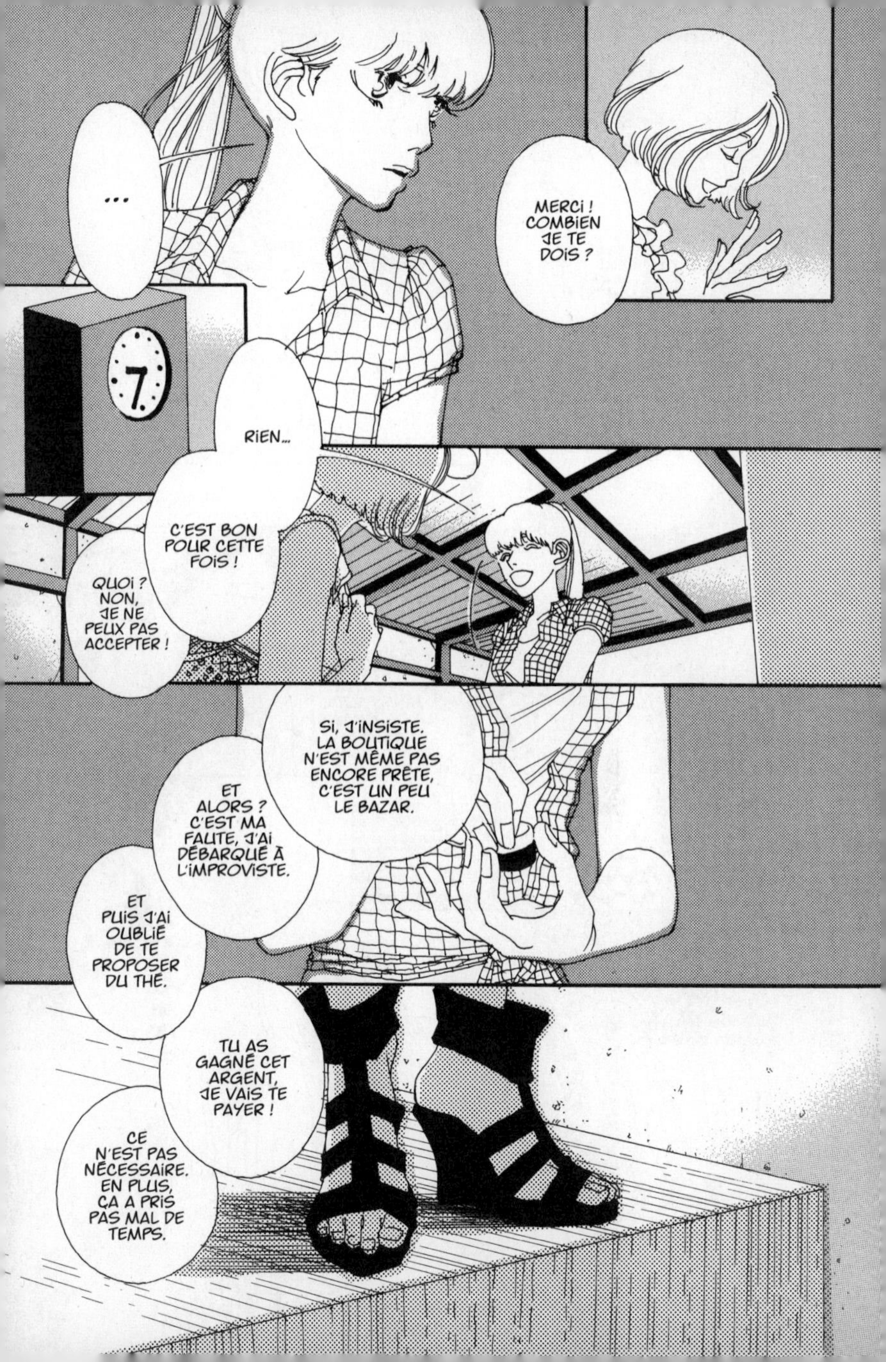
MERCI ! COMBIEN JE TE DOIS ?
...
RIEN...
C'EST BON POUR CETTE FOIS !
QUOI ? NON, JE NE PEUX PAS ACCEPTER !
SI, J'INSISTE. LA BOUTIQUE N'EST MÊME PAS ENCORE PRÊTE, C'EST UN PEU LE BAZAR.
ET ALORS ? C'EST MA FAUTE, J'AI DÉBARQUÉ À L'IMPROVISTE.
ET PUIS J'AI OUBLIÉ DE TE PROPOSER DU THÉ.
TU AS GAGNÉ CET ARGENT, JE VAIS TE PAYER !
CE N'EST PAS NÉCESSAIRE. EN PLUS, ÇA A PRIS PAS MAL DE TEMPS.

IRRITÉE
PEUT-ÊTRE, MAIS TU M'AS TOUJOURS FAIT LES ONGLES À UN TRÈS BON PRIX, JUSQU'À AUJOURD'HUI, ALORS...
ON EN REPARLERA QUAND LE SALON SERA OFFICIELLEMENT OUVERT.
TU ES SÛRE ?
OUI ! PRENDS ÇA COMME UN CADEAU D'OUVERTURE !
BON, BEN MERCI, ALORS ! JE TE PAYERAI SANS FAUTE, LA PROCHAINE FOIS !

LE RICERCARE À SIX VOIX DE J.-S. BACH, DIRIGÉ PAR WEBERN.
VERSION RÉARRANGÉE POUR ORCHESTRE.
FUUUH

AAAH... ÇA NE VA PAS DU TOUT.
J'ÉTAIS...
... BEAUCOUP TROP NERVEUSE.
C'EST TRÈS DIFFÉRENT DE QUAND J'ALLAIS CHEZ LES CLIENTES.
J'AI PRIS TROP DE TEMPS. MOI QUI ÉTAIS POURTANT SÛRE DE POUVOIR TRAVAILLER RAPIDEMENT...
S'INS-TAL-LER À SON COMPTE, ÇA VEUT DIRE...
CE N'EST PAS TRÈS PRATIQUE, LES FAUTEUILS EN FACE À FACE. JE DEVRAIS LES REMPLACER PAR DES CHAISES.
APPAREMMENT, LA BOUTIQUE EST DIFFICILE À TROUVER. IL FAUT QUE J'AFFICHE UNE PANCARTE OU QUELQUE CHOSE DU GENRE.
... NE PAS AVOIR LE DROIT À L'ER-REUR.
LA MACHINE À CAFÉ ET TOUT MON ÉTALAGE...
... SONT VISIBLES DEPUIS L'ENTRÉE, IL ME FAUT UNE ASTUCE POUR LES CACHER.

J'AI LE TEMPS DE TERMINER AU MOINS LE MENU AVANT LE DERNIER TRAIN...
IL ME MANQUE TROP DE CHOSES.
JE DOIS ME DÉPÊCHER. JE DOIS FAIRE VITE.
TU VAS T'OCCUPER DES PRÉPARATIFS JUSQU'À QUAND, EXACTEMENT ?
JE LE SAIS TRÈS BIEN.

AH LÀ LÀ !
ELLE S'EN EST MÊLÉE !
PSST ! PSST !
ELLE N'EST PAS DU GENRE TRÈS TOLÉRANT, SURTOUT AVEC CE TYPE DE FILLE.
ÇA M'ÉNERVE DE TE VOIR FAIRE MUMUSE JOUR APRÈS JOUR JUSTE SOUS MES PIEDS ! TU LE SAIS, ÇA ?
ON T'A LOUÉ CET ENDROIT POUR QUE TU OUVRES UNE BOUTIQUE !
SI TU VEUX PAPOTER AVEC TES AMIES, VA PLUTÔT AU STARBUCKS !
TU PRÉTENDS ÊTRE OCCUPÉE AVEC LES PRÉPARATIFS, MAIS, MOI, CE QUE JE CROIS, C'EST QUE TU FAIS TOUT POUR RETARDER L'OUVERTURE !
QUAND ON SE LANCE DANS UN PROJET, C'EST TOUJOURS LE DÉBUT LE PLUS AMUSANT !

MAIS RENDS-TOI À L'ÉVIDENCE ! TON PETIT BUSINESS A DÉJÀ COMMENCÉ ! LE LOYER, L'ÉLECTRICITÉ, LE GAZ, L'EAU... TOUT ÇA N'EST PAS GRATUIT !
LE SIMPLE FAIT DE VIVRE COÛTE DE L'ARGENT !
ALORS MAINTENANT, IL SERAIT TEMPS D'EN GAGNER !
SI ÇA NE FONCTIONNE PAS, TU POURRAS TOUJOURS ARRÊTER. C'EST CE QUE TU TE DIS, HEIN ?!
MÊME SI TU FINIS ENDETTÉE, TU TE DIRAS SÛREMENT QU'AU MOINS, TU AURAS TENTÉ LE COUP ! QUE ÇA VALAIT MIEUX QUE DE NE RIEN FAIRE DU TOUT !
SHIROOO ! ARRÊTE-LAAA !
ELLE VA TROP LOIN !
ON SE SENT MAL POUR ELLE ! VRAIMENT !
PEUT-ÊTRE, MAIS ELLE N'A PAS TORT.
HEIN ?!
GRMBL

HONNÊTEMENT, ÇA ME SAOULE DE VOIR QUELQU'UN SE LA COULER DOUCE À CÔTÉ DE MOI ALORS QUE JE TRAVAILLE DUR !
T'AS VRAIMENT L'INTENTION DE T'Y METTRE UN JOUR ? TU VAS CONTINUER ?
TU NE SERAIS PAS JUSTE UN PEU TROP NAÏVE ?

!
HÉ !
NE PLEURE PAS !
JE VAIS PASSER POUR LA MÉCHANTE, MAINTENANT !
NON...
CE N'EST PAS ÇA...
EXCUSE-MOI...
ON M'A DÉJÀ DIT LA MÊME CHOSE...
TU ES TROP NAÏVE !

BAM
LE JOUR OÙ JE ME SUIS PLONGÉE DANS SON HISTOIRE...
... JE SUIS TOMBÉE DANS UN TROU.
UN TROU DANS LEQUEL J'ÉTAIS INCAPABLE DE ME TENIR DROITE, DE TOUTE MA HAUTEUR.
PIIIN POOON
PIIIN POOON

J'AI EU ENVIE DE LE TOUCHER. JE N'AI PAS SU GARDER MES DISTANCES.

Number 4

PIIIN POOON
TOKYO, 15 ANS PLUS TÔT...
PIIIN POOON
JE NE SENS PLUS SON POULS !
NOUS DEVONS L'AIDER À RESPIRER !
INTUBEZ-LE !
IL EST EN FIBRILLATION VENTRICULAIRE !
BIP ! BIP !
CHARGEZ LE DÉFIBRILLATEUR !
INJECTEZ 20 ML DE LIDOCAÏNE EN INTRAVEINEUSE !
PRENEZ DEUX AUTRES LIGNES !

DOCTEUR...
SES JOURS NE SONT PLUS EN DANGER.
TOUT VA BIEN, À PRÉSENT, IL EST SAUVÉ !
C'EST UN MIRACLE...
HANI HANI
DOCTEUR ! JE NE VOUS REMERCIERAI JAMAIS ASSEZ !
AVOIR PU LE RÉANIMER DANS DES CONDITIONS PAREILLES...
DITES !
JE...
HAN-I
À VRAI DIRE, J'AI UN PEU TARDÉ À APPELER L'AMBULANCE.
JE M'EN VEUX TELLEMENT DE NE PAS L'AVOIR FAIT PLUS TÔT...

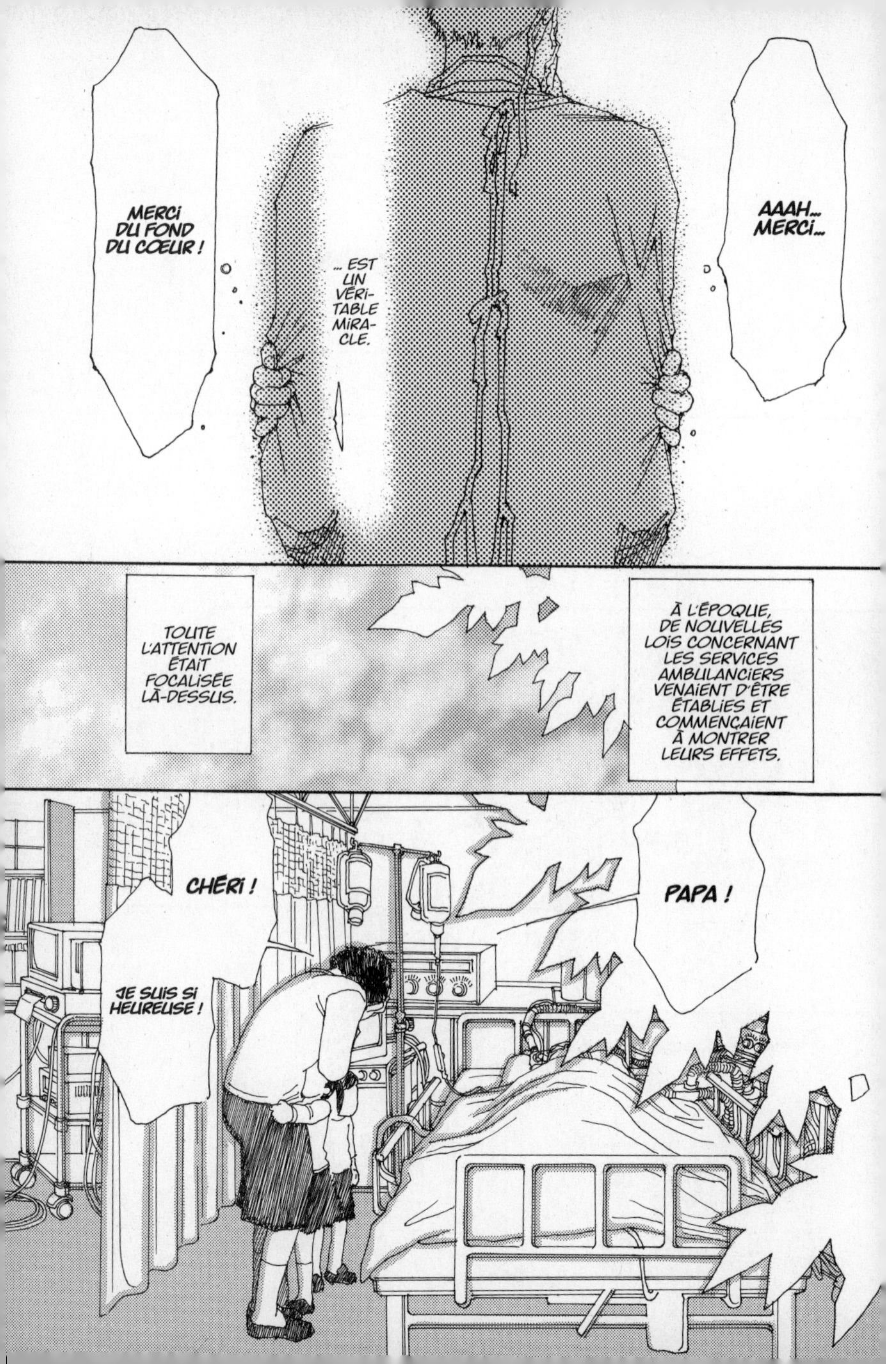
AAAH... MERCI...
... EST UN VÉRITABLE MIRACLE.
MERCI DU FOND DU COEUR !
À L'ÉPOQUE, DE NOUVELLES LOIS CONCERNANT LES SERVICES AMBULANCIERS VENAIENT D'ÊTRE ÉTABLIES ET COMMENÇAIENT À MONTRER LEURS EFFETS.
TOUTE L'ATTENTION ÉTAIT FOCALISÉE LÀ-DESSUS.
PAPA !
CHÉRI !
JE SUIS SI HEUREUSE !

ALLEZ, LES ENFANTS ! APPELEZ VOTRE PÈRE !
ÇA VA L'AIDER À SE RÉVEILLER PLUS VITE !
PAPAAA !
PAPAAA !
PAPAAA !
PAPAAA !
PAPAAA !
PAPAAA !

QU'Y A-T-IL, YAGAI ?
RIEN...
JE ME DISAIS SIMPLEMENT QUE, CES DERNIERS TEMPS, PLUS PERSONNE NE VENAIT VOIR CE PATIENT.
AH, CE FAMEUX TYPE QUE TU AS RÉANIMÉ...
AU DÉBUT, SON ÉPOUSE VENAIT TOUS LES JOURS...
ÇA ARRIVE SOUVENT, NE T'EN FAIS PAS POUR ÇA.
UNE FOIS L'ÉTAT DU PATIENT STABILISÉ, CELUI-CI QUITTE LES SOINS INTENSIFS POUR REJOINDRE UNE AUTRE AILE DE L'HÔPITAL...
... OÙ LE PERSONNEL SE CONCENTRE PRINCIPALEMENT SUR LES SOINS À ADMINISTRER.

DOCTEUR !
TOUTES MES FÉLICITATIONS POUR CE TRANSFERT.
DOCTEUR YAGAI...
SON ÉTAT S'EST STABILISÉ, JE PENSE QU'IL N'Y A PLUS TROP DE SOUCI À SE FAIRE.
DOCTEUR !
DOCTEUR...

QUE SUIS-JE CENSÉE FAIRE, MAINTENANT...?
À L'ÉPOQUE, LES HÔPITAUX NE PENSAIENT PAS SPÉCIALEMENT À SE PROTÉGER DES RISQUES DE PROCÈS.
DE PLUS, IL N'EXISTAIT AUCUN DISPOSITIF POUR SUIVRE LES FAMILLES DES PATIENTS.

IL NE FALLUT PAS LONGTEMPS...
... AVANT QUE JE ME PLONGE DANS UN TRAVAIL ACHARNÉ.
JE SUIS CREVÉ...
JE PLAINS LES PATIENTS À QUI ON DEVRA FAIRE DES PRISES DE SANG DANS UN ÉTAT PAREIL.
J'AI DÛ POSER UNE SONDE DE FOLEY, HIER, ET JE ME SUIS LOUPÉ DEUX FOIS.
QUEL ENFER...
CHAQUE CAS ÉTAIT ENSEVELI DANS LES TRÉFONDS DE MA MÉMOIRE.
IL PARAIT QUE LES FEMMES N'ONT PAS MAL, POUR ÇA.
C'EST VRAI ?!
JE NE ME LES RAPPELAIS QUE LORSQU'ILS REFAISAIENT SURFACE.
DOCTEUR YAGAI ?

OUi ?
TiENS ?
iL N'Y AVAiT PERSONNE À L'ACCUEiL ?
C'EST BiZARRE...
iL ME SEMBLAiT POURTANT AVOiR VU UNE iNFiRMiÈRE...
D...
DOCTEUR YAGAi...

BAM
CLANG
A… ATTEN-DEZ !
AAAAAAH
MAIS QUI ÊTES-VOUS ?!
!
AAAH
PLIC !
CRSH !
BAM
POUR-QUOI ?!

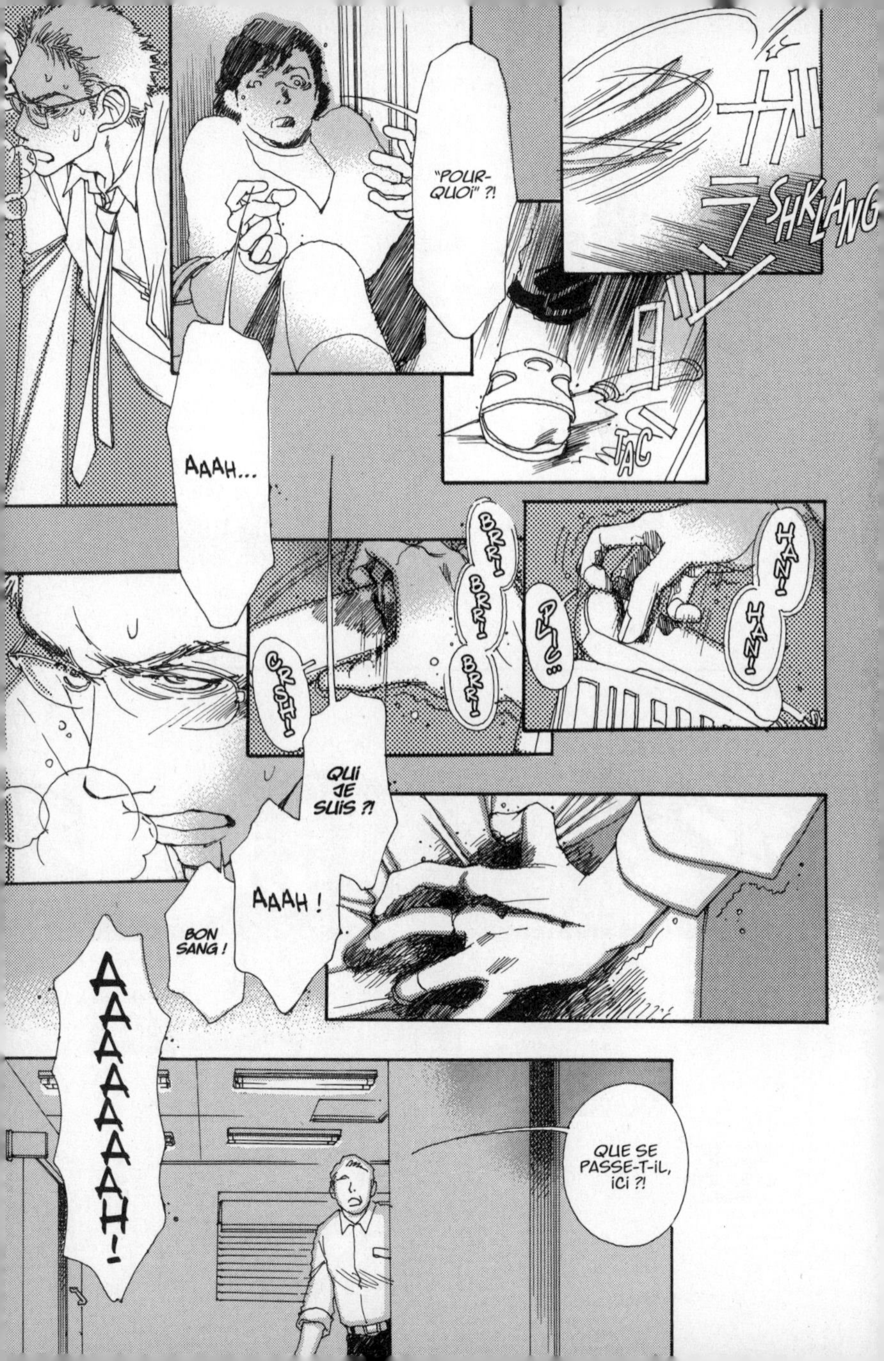
SHKLANG
TAC
"POUR-QUOI" ?!
AAAH...
HAN!
HAN!
PLIC!!
BRRI
BRRI
BRRI
CRSHI
QUI JE SUIS ?!
AAAH !
BON SANG !
AAAAAAAH!
QUE SE PASSE-T-IL, ICI ?!

PARDONNEZ-MOiiiii !
HAN! HAN! HAN!
JE SUIS DÉSOLEEEEE, DOCTEUUUR !
ELLE GARDAIT UNE TERRIBLE RANCOEUR INJUSTIFIÉE.
HEUREUSEMENT, ÇA N'ARRIVE QUE TRÈS RAREMENT.
UNE CHANCE QUE LA BLESSURE NE SOIT PAS TRÈS PROFONDE !
J'AI ÉTOUFFÉ L'AFFAIRE AUPRÈS DES MÉDIAS...

C'EST LA FEMME D'UN PATIENT EN ÉTAT VÉGÉTATIF.
PAPA ! PAPA !
JE SUIS SI CONTENTE !
TOUT LE MONDE SE RÉJOUIT, AU DÉBUT.
UNE VIE A ÉTÉ SAUVÉE, ET C'EST TOUT CE QU'ILS VOIENT.
MAIS EN Y RÉFLÉCHISSANT...
"COMBIEN DE TEMPS VA-T-IL ENCORE RESTER DANS CET ÉTAT ?"

DOCTEUR !
S'IL VOUS PLAIT, APPELEZ UN DOCTEUR !
QUE SE PASSE-T-IL ?
IL A OUVERT LES YEUX ! IL REPREND CONNAISSANCE !
ALORS ?!
ÇA VEUT DIRE QU'IL A REPRIS CONNAISSANCE ?!
AH... JE VAIS CHERCHER UN MÉDECIN IMMÉDIATEMENT.
PATIENTEZ QUELQUES INSTANTS.
QU'IL VA GUÉRIR ?!

NE NOUS HÂTONS PAS TROP...
PARFOIS, UN PATIENT DANS LE COMA PEUT OUVRIR LES YEUX, COMME ÇA...
... SOUS L'EFFET DE CERTAINS MÉDICAMENTS.
ET EN CE QUI CONCERNE SES URINES...
LE DÉSESPOIR L'A GAGNÉE, PETIT À PETIT.

J'AI ENTENDU DIRE QU'ELLE AVAIT VENDU LEUR MAISON.
ELLE DEVAIT AUSSI S'OCCUPER DE SES PARENTS.
DIS ! DIS !
MAMAN !
ET JE CROIS... QU'ELLE AVAIT DES ENFANTS.
MAMAAAN ! MAMAAAN !
ELLE ÉTAIT DANS UNE IMPASSE...
... ET A CHOISI DE S'EN PRENDRE AU MÉDECIN QUI AVAIT "SAUVÉ" LA VIE DE SON MARI.

DOCTEUR YAGAI ?!
VOTRE BLESSURE VA SE ROUVRIR !
VOUS RISQUEZ UNE NOUVELLE HÉMORRAGIE…
J'AI PENSÉ QUE CETTE BLESSURE DEVAIT RESTER.
ÇA NE FAIT RIEN.
DOCTEUR !
QU'ELLE SERVIRAIT À GRAVER LE DOUTE EN MOI.
OUI, C'EST CE QUE JE PENSAIS.
MAIS J'AI ÉTÉ BIEN NAÏF DE ME MONTRER AUSSI SENTIMENTAL.

C'ÉTAIT IL Y A 7 ANS...
LE TEMPS ÉTAIT PLUVIEUX, COMME AUJOURD'HUI.
J'AI ENCORE DÛ OPÉRER D'URGENCE, HIER.
ET LÀ, JE VAIS COMMENCER MA GARDE.
MOI, J'AI DES CONSULTATIONS.
ILS VEULENT NOUS TUER, MA PAROLE !
ON S'EST DISPUTÉS ALORS QUE J'ÉTAIS SUR LE POINT DE PARTIR.
JE NE ME RAPPELLE MÊME PAS POURQUOI.

IL N'Y AVAIT PROBABLEMENT PAS QU'UNE SEULE RAISON.
Y EN AVAIT-IL AU MOINS UNE ?
ET TOUT COMME CETTE PLUIE QUI N'EN FINISSAIT PAS...
...NOS DISPUTES SE RÉPÉTAIENT INLASSABLE-MENT.
JUSQU'À CE QUE J'EN PAYE LES CONSÉQUENCES, UN BEAU JOUR.

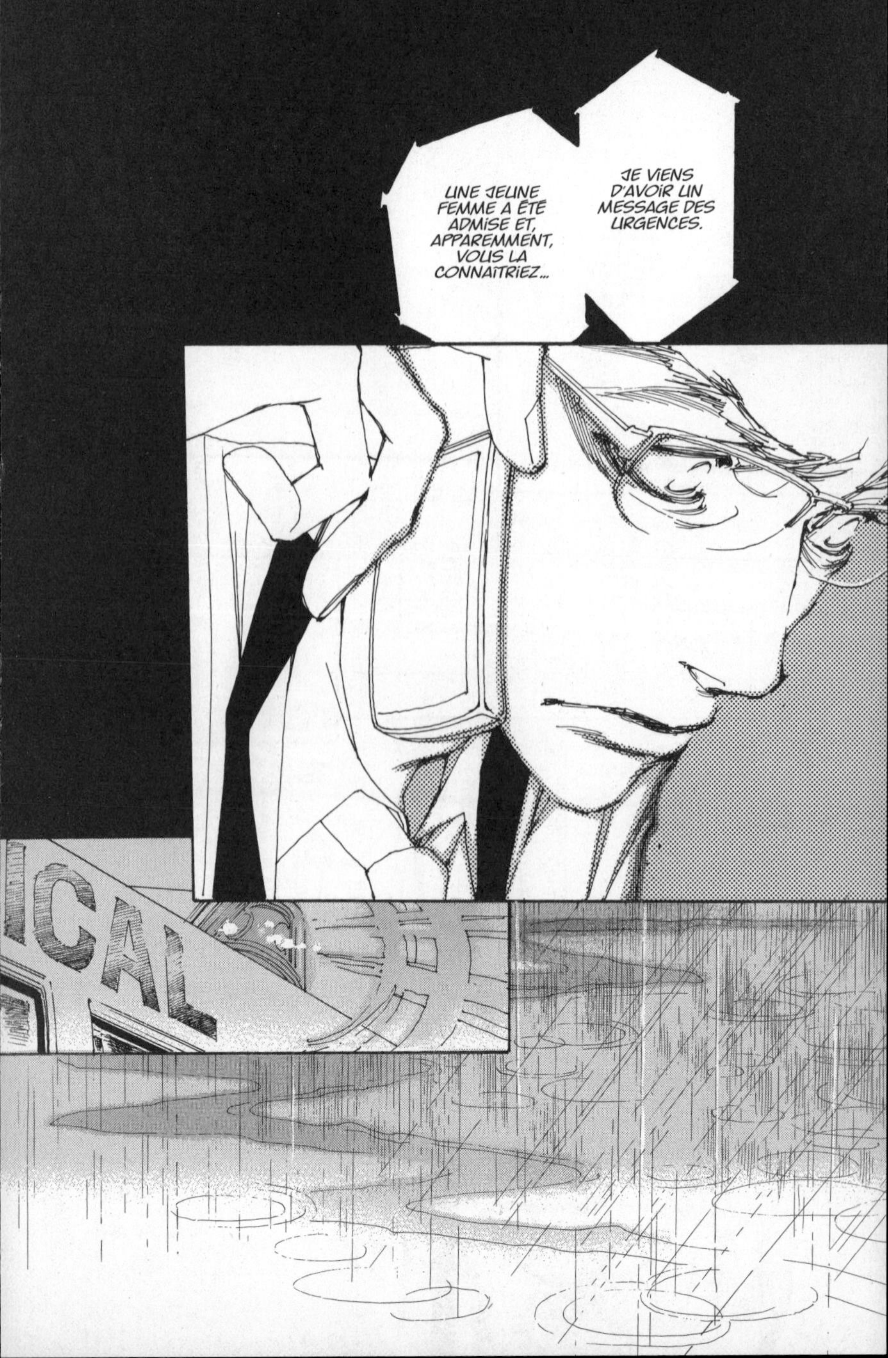
JE VIENS D'AVOIR UN MESSAGE DES URGENCES.
UNE JEUNE FEMME A ÉTÉ ADMISE ET, APPAREMMENT, VOUS LA CONNAITRIEZ...
ICAL

OPÉRATION EN COURS
DOCTEUR ! L'OPÉRATION EST EN COURS !
NOUS AVONS BESOIN DE VOUS POUR L'IDENTIFIER.
NOUS AVONS TROUVÉ SON PERMIS DE CONDUIRE DANS SES EFFETS PERSONNELS...
... AINSI QUE VOTRE CARTE DE VISITE.
OUI...
ÇA NE FAIT AUCUN DOUTE...
ON S'EST DISPUTÉS...
... AU MOMENT OÙ JE PARTAIS.
SA VOITURE A DÉRAPÉ ET A PRIS FEU JUSTE APRÈS L'ACCIDENT.
COMME ELLE SEMBLAIT ÊTRE L'UNE DE VOS CONNAISSANCES, NOUS AVONS APPELÉ LE CHEF DE SERVICE, LE DOCTEUR ASAI, ET...
C'ÉTAIT MA PETITE AMIE.
ÇA M'EST COMPLÈTEMENT ÉGAL !
MONTREZ-MOI SES RADIOS ET LES RÉSULTATS DE SON SCANNER !
BOBOM

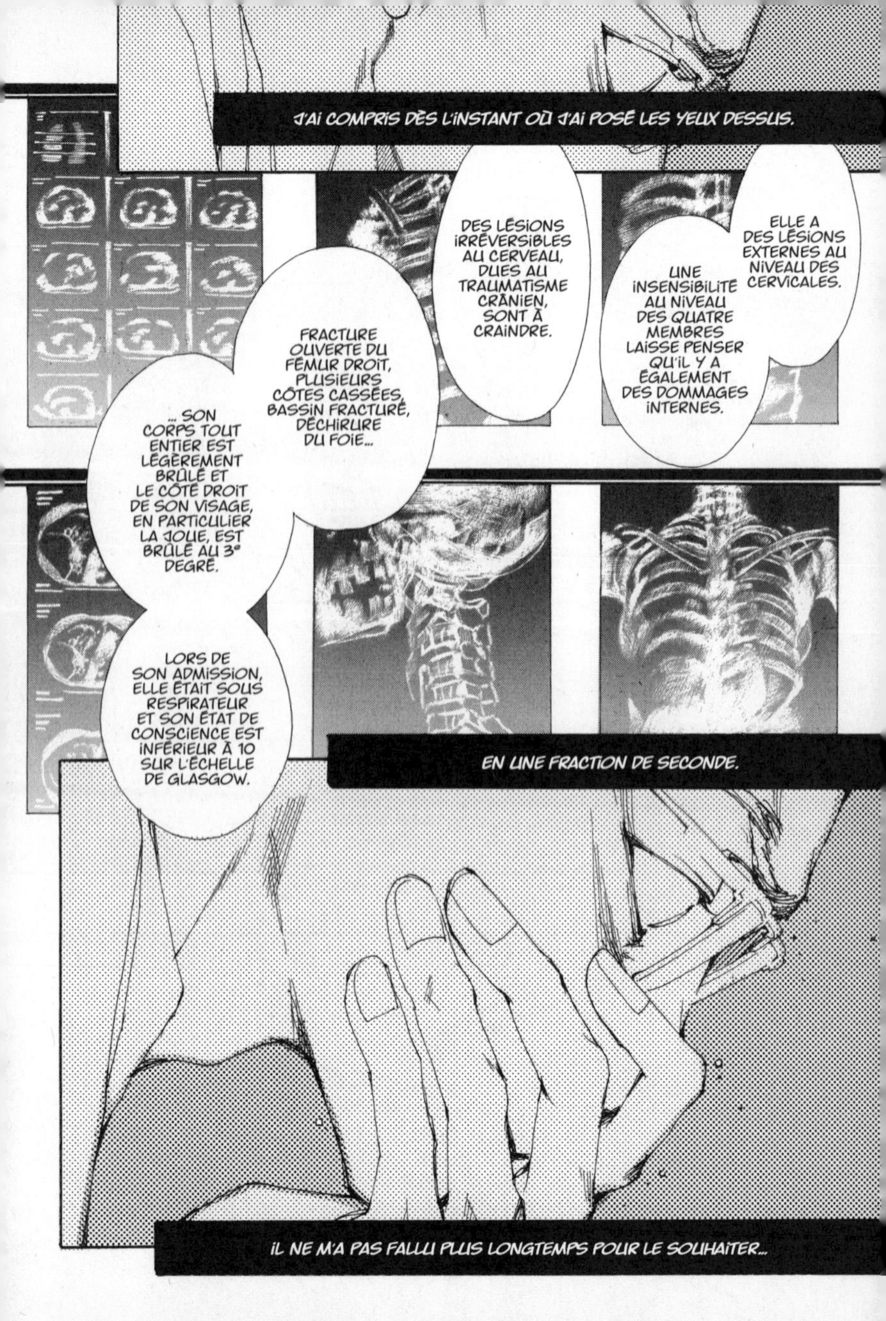
J'AI COMPRIS DÈS L'INSTANT OÙ J'AI POSÉ LES YEUX DESSUS.
ELLE A DES LÉSIONS EXTERNES AU NIVEAU DES CERVICALES.
UNE INSENSIBILITÉ AU NIVEAU DES QUATRE MEMBRES LAISSE PENSER QU'IL Y A ÉGALEMENT DES DOMMAGES INTERNES.
DES LÉSIONS IRRÉVERSIBLES AU CERVEAU, DUES AU TRAUMATISME CRÂNIEN, SONT À CRAINDRE.
FRACTURE OUVERTE DU FÉMUR DROIT, PLUSIEURS CÔTES CASSÉES, BASSIN FRACTURÉ, DÉCHIRURE DU FOIE...
... SON CORPS TOUT ENTIER EST LÉGÈREMENT BRÛLÉ ET LE CÔTÉ DROIT DE SON VISAGE, EN PARTICULIER LA JOUE, EST BRÛLÉ AU 3e DEGRÉ.
LORS DE SON ADMISSION, ELLE ÉTAIT SOUS RESPIRATEUR ET SON ÉTAT DE CONSCIENCE EST INFÉRIEUR À 10 SUR L'ÉCHELLE DE GLASGOW.
EN UNE FRACTION DE SECONDE.
IL NE M'A PAS FALLU PLUS LONGTEMPS POUR LE SOUHAITER...

DOCTEUR ?
DOCTEUR ?!
ÇA A SUFFI À M'INCENDIER.
EUUURGH
PARDONNEZ-MOI !
JE SUIS DÉSOLÉE, DOCTEUR !
DOCTEUR !
PAR ICI...
C'ÉTAIT SANS ISSUE.
HAN !
HAN !
L'ESPACE D'UNE SECONDE...

... J'AI PENSÉ QU'IL VALAIT MIEUX QU'ELLE NE S'EN SORTE PAS.

DOCTEUR ! L'OPÉRATION EST UN SUCCÈS !

... C'EST LE TOUT JEUNE MÉDECIN AKASAKA QUI L'A RAMENÉE D'ENTRE LES MORTS.
CE JOUR-LÀ...
HA !
C'EST RIDICULE !
POURQUOI JE RESSASSE ENCORE CETTE VIEILLE HISTOIRE, MOI ?
ET... CETTE FEMME ?

GAAH...
AAAAAH...
ALLONS, ALLONS !
JE SUIS DÉSOLÉE ! C'EST BIZARRE, ELLE ÉTAIT BEAUCOUP PLUS CALME TOUT À L'HEURE...
EH BIEN, QUE SE PASSE-T-IL ? ET SI ON VOUS METTAIT VOTRE PERRUQUE ?
AAAH...
GIIIIH...
ELLE EST TOUJOURS EN VIE.
ELLE "RÉCUPÈRE". ELLE REÇOIT UN TRAITEMENT PARTICULIER 24 HEURES SUR 24 DANS UN HÔPITAL AFFILIÉ À CELUI-CI. JE SUIS ALLÉ LA VOIR TOUT À L'HEURE.
AH...
ÇA SUFFIT, MAINTENANT, VA-T'EN !

HEIN ?
DÉGAGE D'ICI !
DOCTEUR...
IL FAUDRA APPELER LA FAMILLE DU PASSAGER QUI ÉTAIT AVEC ELLE...
UN PASSAGER ...?
QUOI ?
OUI, IL Y AVAIT... UN HOMME AVEC ELLE, DANS LA VOITURE.
HEIN ?
JE...
... NE TOURNE PAS ROND, EN CE MOMENT.
JE NE SAIS PAS QUOI FAIRE.
J'AI BIEN PEUR...
... QUE ÇA NE SE DÉGRADE IRRÉMÉDIABLEMENT EN INSUFFISANCE RÉNALE.

ÇA...
... VA ALLER.

AAAH !
TU ME GONFLES !
QU'EST-CE QUE TU ME FAIS, LÀ ?!
TU TE CROIS SPÉCIALE ?!
TU ES TROP NAÏVE !
BAM

BEAUCOUP TROP NAÏVE !
TU ME FILES LA NAUSÉE !

BOM

Number
5

SYMPHONIE N° 9 DE BRUCKNER...
... DEUXIÈME MOUVEMENT.
AH...
EXCUSE-MOI...

JE SUIS DÉSOLÉ.
TU PEUX PARTIR.

T'AS VRAIMENT L'INTENTION DE T'Y METTRE UN JOUR ? TU VAS CONTINUER ?
ON T'A LOUÉ CET ENDROIT POUR QUE TU OUVRES UNE BOUTIQUE !
MOI, CE QUE JE CROIS, C'EST QUE TU FAIS TOUT POUR RETARDER L'OUVERTURE !
ÇA ME PREND PLUS DE TEMPS QUE PRÉVU.
TU NE SERAIS PAS JUSTE UN PEU TROP NAÏVE ?

TU ES RENTRÉE, KAORU ?
AH, MAMAN...
BONSOIR !
TU POURRAIS RÉPONDRE QUAND JE T'APPELLE.
J'AVAIS MON CASQUE, JE NE T'ENTENDAIS PAS.
TU AS L'AIR DE MAUVAISE HUMEUR, TU AS UNE MINE AFFREUSE.
JE NE LE SUIS PAS.
TU PEUX M'EXPLIQUER CE QUE C'EST, TOUT CE DÉSORDRE ?
RANGE-MOI TOUT ÇA !
ÇA ME FATIGUE ENCORE PLUS DE VOIR TA CHAMBRE DANS CET ÉTAT QUAND JE RENTRE DU BOULOT !
JE VAIS ME COUCHER, JE PARS TÔT DEMAIN.
CLAC
MA MÈRE EST UNE FEMME D'AFFAIRES.
UNE VRAIE.
ELLE EST SEULE.
ET MOI, JE SUIS ENFANT UNIQUE.

TU SAIS, MAMAN...
...
UN HOMME M'A EMBRASSÉE.
AUJOURD'HUI, AU TRAVAIL, ON S'EST ÉNERVÉ CONTRE MOI, PARCE QUE JE SUIS TROP NAÏVE.
AAAH...
C'EST...
C'EST VRAIMENT...
... INCROYA-BLE.
AAAH...

EN METTANT DES MOTS DESSUS, JE ME RENDS COMPTE QUE MES SOUCIS SONT BIEN BANALS.
MONSIEUR TAGAMI ! KÔJI TAGAMI !
PAR ICI, S'IL VOUS PLAIT.
BROUHAHA
BROUHAHA

CE N'EST RIEN. RIEN DU TOUT.
C'EST ON NE PEUT PLUS BANAL.
À QUI EST CE STÉTHOSCOPE ?
AH ! C'EST CELUI DU DOCTEUR YAGAI.
SURSAUTE
ALORS POURQUOI...
REGARDE, IL Y A UN PETIT "Y" JUSTE ICI.
AH OUI, C'EST VRAI !
Je me sens bête !

CE MÉDECIN FAIT DES MANIÈRES, SOI-DISANT QU'IL NE PEUT TRAVAILLER QU'AVEC SON PROPRE STÉTHOSCOPE, ET PUIS IL LE LAISSE TRAÎNER PARTOUT !
RANGE-LE QUELQUE PART BIEN EN ÉVIDENCE, SINON IL SERA DE MAUVAIS POIL LE JOUR DE SES CONSULTATIONS.
DANS CHAQUE SERVICE, LES MÉDECINS ONT DES CONSULTATIONS DEUX JOURS PAR SEMAINE.
QUEL VIEUX RÂLEUR, CELUI-LÀ !
AUJOURD'HUI, IL N'EST PAS LÀ.
OUAIS ! QUEL VIEUX RÂLEUR !
POURQUOI T'ES ÉNERVÉE ?
HEIN ?
JE NE SUIS PAS SPÉCIALEMENT ÉNERVÉE...
AH BON ?
JE T'ASSURE QUE C'EST VRAI !

IL T'A EMBRASSÉE ?!
OUI... JE SUIS DÉSOLÉE, TU AURAIS SANS DOUTE PRÉFÉRÉ NE JAMAIS ENTENDRE CETTE HISTOIRE.
ENFIN, CE N'EST PAS COMME SI JE TE DEMANDAIS CONSEIL, HEIN, C'EST JUSTE QUE... JE NE SAIS PAS TROP QUOI FAIRE.
ET ALORS ? OÙ EST LE PROBLÈME ?
HEIN ?!
POURQUOI TU NE SORTIRAIS PAS AVEC LUI ? IL ME SEMBLE QU'IL EST CÉLIBATAIRE ET, AUX DERNIÈRES NOUVELLES, TU N'AS PAS DE COPAIN, JE ME TROMPE ?
NON, JE N'EN AI PAS !
ADMETTONS ! JE N'AI PAS DE COPAIN ET IL EST (PROBABLEMENT) CÉLIBATAIRE... MAIS C'EST HORS DE QUESTION !

C'EST TOUT LE CONTRAIRE, ENTRE NOUS...
TOUT LE CONTRAIRE ?
QU'EST-CE QUE TU VEUX DIRE ?
BEN... C'EST VRAI, NON ?
COMMENT JE POURRAIS LE SAVOIR ?!
EH BIEN...
EUH...
JE VOIS...
CE SERAIT DONC ÇA ?
J'AI DE PLUS EN PLUS DE MAL À TE SUIVRE...

QUELQUE CHOSE M'IRRITE.
QUELQUE CHOSE...
... À L'INTÉRIEUR DE MOI.
ET CETTE IRRITATION...
QU'EST-CE QUE C'EST ?
QUEL EST CE SENTIMENT ?

... VIENT DE MON MALAISE À NE PAS POUVOIR METTRE DE NOM SUR MES SENTIMENTS.

NE T'EN FAIS PAS POUR HIER.
POC POC
トン

HEIN ?
Il y a encore plein de feuilles par terre.
POUR CE QUE T'A DIT CHAZAWA... ELLE A TENDANCE À ÊTRE ASSEZ DURE DANS LE CHOIX DE SES MOTS.
AH ! JE NE M'EN FAIS PAS VRAIM...
GRMBL
MÊME SI ELLE AVAIT RAISON.
GRR
TU CHERCHES À ME RÉCONFORTER OU À M'ÉNERVER, LÀ ?
HEIN ?!
N'avait absolument pas l'intention de l'énerver.
TU NE PENSES PAS QU'IL FAUT ME DIRE LA VÉRITÉ ?
HEIJIN ?!
LE PENSAIT TOTALEMENT.

AH ! IL EST L'HEURE !
BONSOIR...
ENTREZ !
JE M'APPELLE TERAMURA, JE VOUS AI TÉLÉPHONÉ.
JE VOUS ATTENDAIS !
J'AI PRIS PLEIN DE RÉSERVATIONS.
VOUS POUVEZ DÉPOSER VOS AFFAIRES ICI.
VOUS DÉSIREZ BOIRE QUELQUE CHOSE ?

ZWUUUM
AAH...

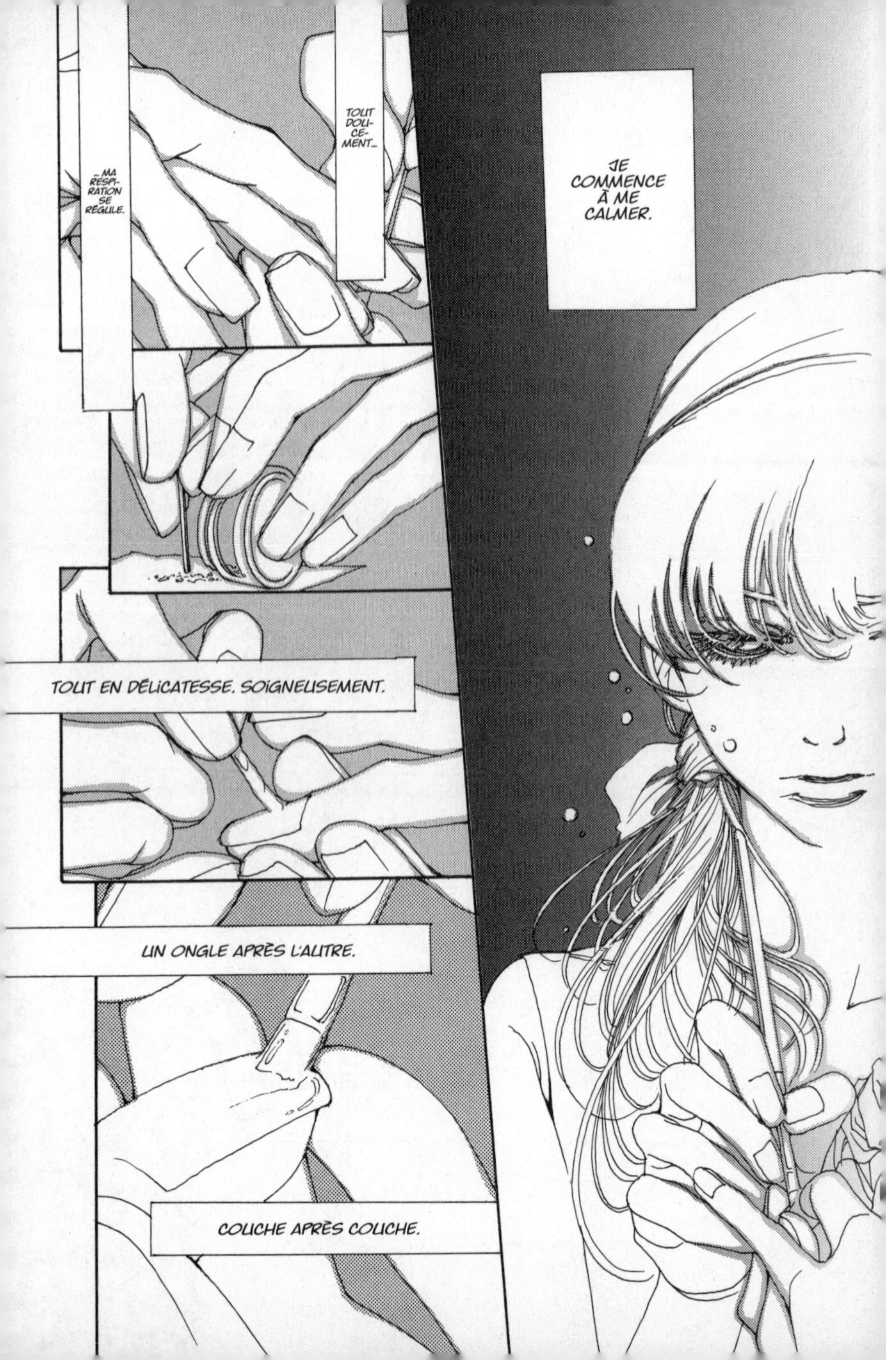
JE COMMENCE À ME CALMER.
TOUT DOUCEMENT...
...MA RESPIRATION SE RÉGULE.
TOUT EN DÉLICATESSE. SOIGNEUSEMENT.
UN ONGLE APRÈS L'AUTRE.
COUCHE APRÈS COUCHE.

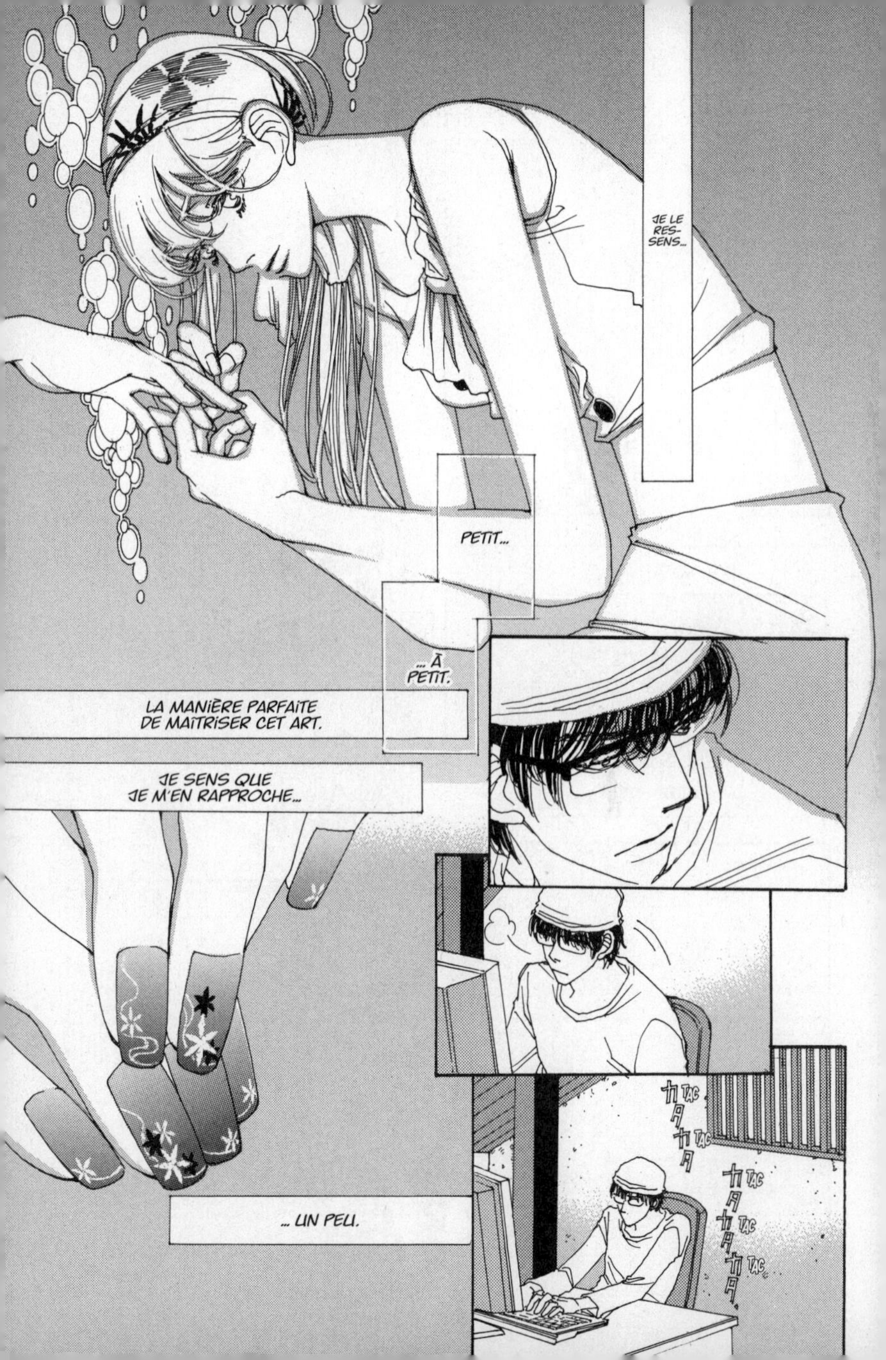

JE LE RES-SENS...
PETIT...
... À PETIT.
LA MANIÈRE PARFAITE DE MAÎTRISER CET ART.
JE SENS QUE JE M'EN RAPPROCHE...
... UN PEU.
カタカタ TAC TAC
カタカタカタ TAC TAC TAC

Oui, je m'en suis rapprochée.
Et voilà, c'est terminé !
Oui, merci...
C'est trop mignon ! Je reviendrai ! ♪
Je me sens un peu mieux.
Je vous remercie !
Mon irritation...
... s'est un peu...
... apaisée.
Merci d'être venue !

OUi !
J'Ai LA PÊCHE, MAiNTENANT !
BON !
RÉSERVE B
VOUS PASSEZ VOTRE TEMPS À DORMiR.

JE TE SIGNALE QUE JE SUIS DEBOUT DEPUIS HIER, PETITE MALIGNE ! J'ÉTAIS D'ASTREINTE TOUTE LA NUIT !
JE DOIS RÉCUPÉRER UN PEU SI JE NE VEUX PAS PLANTER MES PROCHAINES OPÉRATIONS ! ET DIS-TOI QUE, SI J'EN RATE UNE, CE SERA DE TA FAUTE !
AH ! JE SUIS DÉSOL...
JE SUIS DÉSOLÉ !

VOUS AVEZ BEAU VOUS EXCUSER, ÇA NE...
SI C'EST DE L'ARGENT QUE TU VEUX, JE N'EN AI PAS.
JE NE SUIS PAS VENUE VOUS FAIRE DU CHANTAGE.
QU'EST-CE QUE TU FABRIQUES ICI, ALORS ?
JE VOULAIS SIMPLEMENT SAVOIR POURQUOI VOUS AVIEZ FAIT ÇA...
POUR ASSOUVIR MES DÉSIRS.

TU PEUX PORTER PLAINTE CONTRE MOI.
DIRE À TOUT LE MONDE QUE JE T'AI HARCELÉE SEXUELLEMENT.
C'ÉTAIT... DU HARCÈLEMENT SEXUEL ?
TU AS LE DROIT DE M'ATTAQUER EN JUSTICE.
J'AI L'HABITUDE DES PROCÈS, DE TOUTE FAÇON.
ET ÇA M'APPORTERAIT QUELQUE CHOSE, SI JE GAGNAIS ?
AUCUNE IDÉE. MAIS CE QUI EST SÛR, C'EST QUE TU NE PERDRAIS RIEN.
SI, J'Y PERDRAIS.

J'Y...
NON...
EN LAISSANT NOS STATUTS SOCIAUX DE CÔTÉ...
JE NE PERDS RIEN !
AU CONTRAIRE...
JE SENS QUE JE GAGNE QUELQUE CHOSE. UNE CHOSE QUI GRANDIT !
... JE SUPPOSE QUE TU AS PLUS DE POIDS QUE MOI DANS LA BALANCE, NE FÛT-CE QUE DE PAR TON GENRE. ALORS, JE TIENS SINCÈREMENT À M'EXCUSER.
JUSTE ICI...
JE N'AI PAS PLUS DE POIDS QUE VOUS...
QU'EST-CE QUE C'EST ?
SI, TU ES JEUNE.
CONTRAIREMENT À MOI, QUI NE LE SUIS PLUS.
J'AI DÉJÀ L'AIR D'UN VIEIL HOMME.

QU'EST-CE QUE C'EST QUE ÇA ?!
JE SUIS JUSTE UN VIEUX PERVERS DE 45 ANS. C'EST PLUS FORT QUE MOI, PUISQUE, MALHEUREUSEMENT, JE SUIS DÉJÀ "VEUF" À MON ÂGE.
JUSTE UN...
UN SIMPLE BAISER...
MAIS TU AS PASSÉ L'ÂGE DE FAIRE DES HISTOIRES POUR UN SIMPLE BAISER.
SI ÇA NE TE PLAÎT PAS, JE T'EN PRIE, PRENDS TOUTES LES DISPOSITIONS LÉGALES QUE TU VEUX.
TU PEUX DIRE QUE TU ES MAL À L'AISE AU TRAVAIL PAR MA FAUTE, QUE ÇA T'A LAISSÉ DES DOMMAGES PSYCHOLOGIQUES, OU MÊME QUE J'AI ABUSÉ DE MON AUTORITÉ.

EST-CE VRAIMENT ÇA...
... LE PROBLÈME ?
QUE VEUX-TU QU'IL Y AIT D'AUTRE...
... À PART ÇA ?
MAIS...
... J'AI L'IMPRESSION DE SUFFOQUER, MOI !
VOUS CROYEZ QUE C'EST UN "DOMMAGE PSYCHOLOGIQUE", COMME VOUS LE DISIEZ ?!

C'EST À CAUSE DE CES AVERSES QUI N'EN FINISSENT PAS.
ÇA SENT LA PLUIE.
BONK

JE SUIS DÉSOLÉE !
BONK
QUEL CRÉTIN...!
C'ÉTAIT JUSTE DU HARCÈ-LEMENT SEXUEL.
UNE HISTOIRE BANALE COMME TANT D'AUTRES.
ALORS POUR-QUOI...
... EST-CE QUE ÇA ME MET DANS TOUS MES ÉTATS ?!

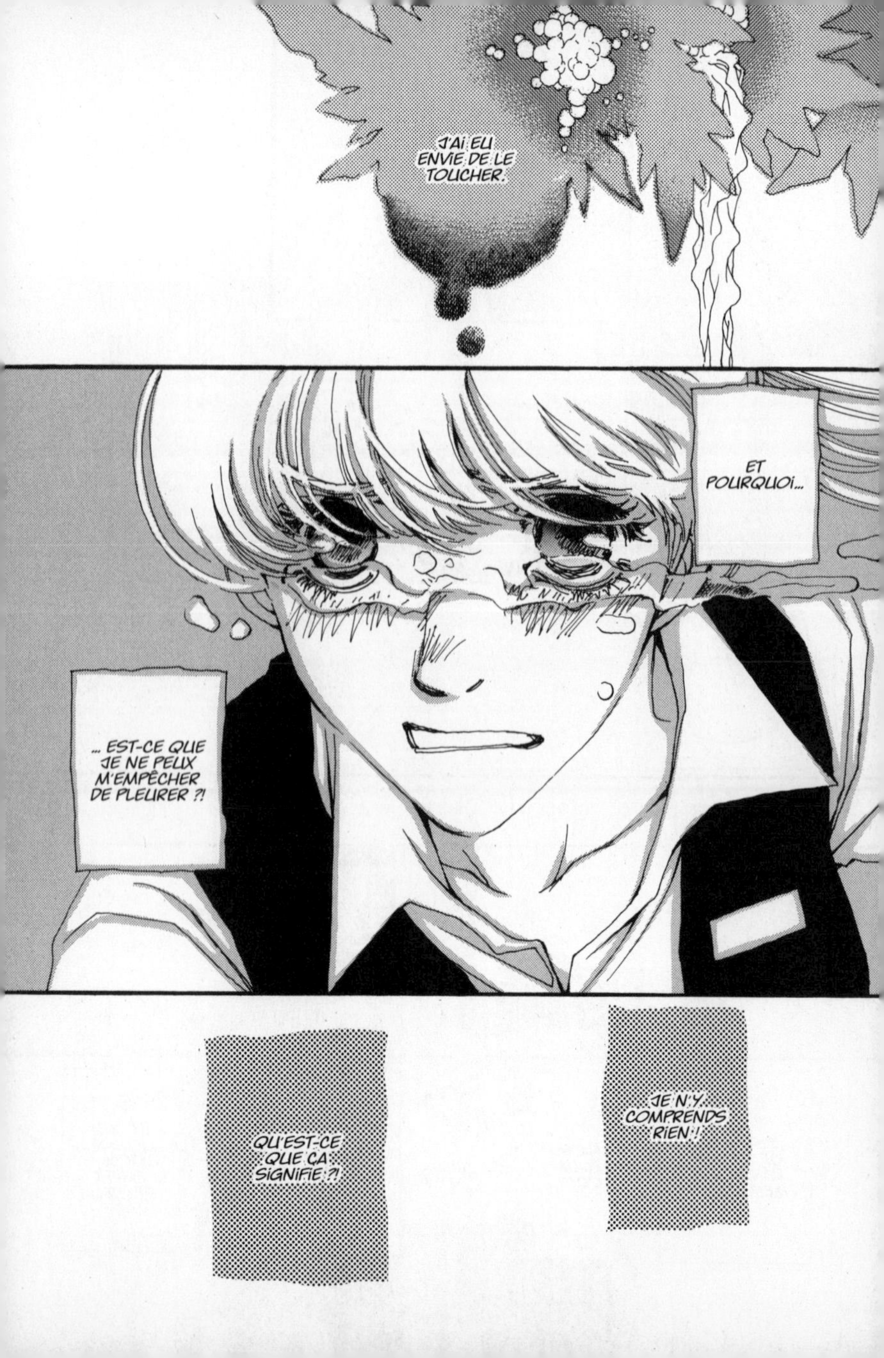
J'AI EU ENVIE DE LE TOUCHER.
ET POURQUOI...
... EST-CE QUE JE NE PEUX M'EMPÊCHER DE PLEURER ?!
JE N'Y COMPRENDS RIEN !
QU'EST-CE QUE ÇA SIGNIFIE ?!

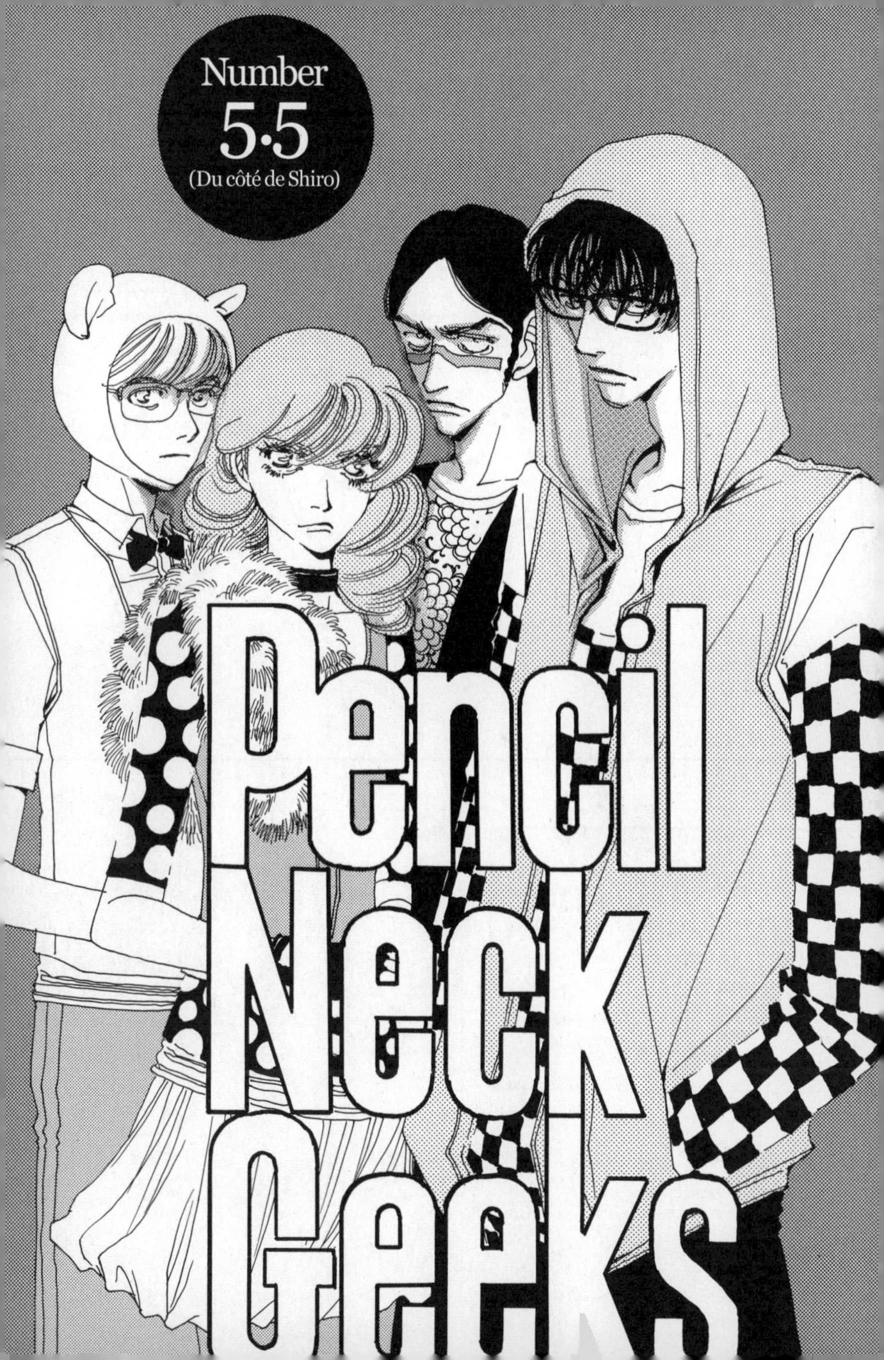
Number
5·5
(Du côté de Shiro)
Pencil
Neck
Geeks

JE SUIS PROBA-BLEMENT...
... LE MEC LE PLUS LAMENTABLE SUR TERRE.
HA HA HA HA HA HA !
J'AI REJOINT UN CLUB PAR ERREUR...
... ET JE NE SUIS MÊME PAS FICHU DE M'INTÉGRER LORS DE LA SOIRÉE DE BIENVENUE.
ET DONC, DANS CE CAS-LÀ...
ISOLÉ ぽつん
SÉRIEUX ?! QUELLE HORREUR !
ET SHIDA ?
IL N'A PAS PU VENIR !
J'AURAIS MIEUX FAIT DE NE PAS VENIR NON PLUS.
AH BON ! JE NE SAVAIS PAS !

TU BOIS UN COUP ?
C'EST ELLE !
Pourquoi tu prends cette pose bizarre ?
TAP TAP TAP TAP TAP
Cible
LE CLUB DE MATHÉMATIQUES...
POURQUOI IL N'Y A PERSONNE ?
JE SUIS VENU TROP TÔT ?
TAP TAP TAP
TU SOUHAITES REJOINDRE NOTRE CLUB ?
SURTOUT, N'HÉSITE PAS !

* GUSTAV MAHLER EST UN COMPOSITEUR, CHEF D'ORCHESTRE ET PIANISTE AUTRICHIEN.

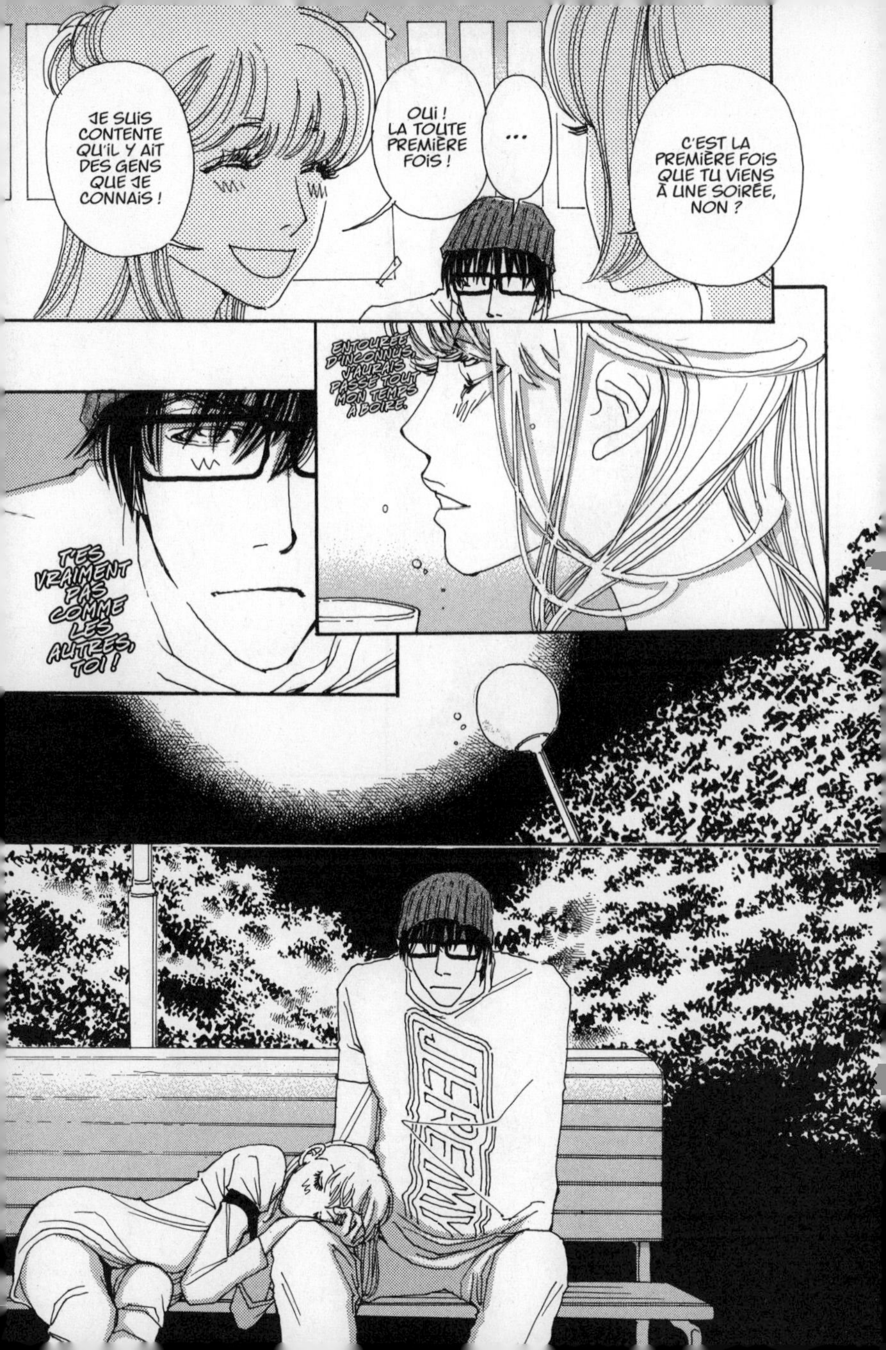
C'EST LA PREMIÈRE FOIS QUE TU VIENS À UNE SOIRÉE, NON ?
...
OUI ! LA TOUTE PREMIÈRE FOIS !
JE SUIS CONTENTE QU'IL Y AIT DES GENS QUE JE CONNAIS !
ENTOURÉE D'INCONNUS, J'AURAIS PASSÉ TOUT MON TEMPS À BOIRE.
T'ES VRAIMENT PAS COMME LES AUTRES, TOI !

EUH...
DIS, TOUS LES AUTRES SONT DÉJÀ PARTIS, ALORS, EUH...
AOKI...
AH !
C'EST KAORU AOKI.
TU PEUX M'APPELER KAORU.
HOCHE
HEIN ? AH... MOI, C'EST TAKESHI SHIROTA.
RAVIE DE FAIRE TA CONNAISSANCE.
...
CE N'EST PAS NOTRE PREMIÈRE RENCONTRE.
OH, EXCUSE-MOI, JE RECOMMENCE : ÇA FAIT UN BAIL !
ÇA NE FAIT PAS UN BAIL NON PLUS.
TU ES SAOULE ?
DONNE-MOI TA MAIN
SHIRO (MACHIN-CHOSE)... TU NE L'ES PAS, TOI ?
NON... (JE SUIS MINEUR.)

TU ES SI CLASSE.
CES...
QU'EST-CE QU'ELLE RACONTE ?
... QUELQUES MOTS ONT SUFFI À ME FAIRE TOURNER LA TÊTE, ENCORE PLUS QUE SI J'AVAIS BU.

MON PÈRE N'ÉTAIT JAMAIS SAOUL QUAND IL BUVAIT, LUI NON PLUS.
C'EST BIZARRE...
HU HU HU !
D'HABITUDE, JE NE SUPPORTE PAS DE TOUCHER DES ÉTRANGERS.

QU'EST-CE QUE...
... JE FABRIQUE, MOI ?
JE...
C'ÉTAIT MA PREMIÈRE FOIS.

TU VAS DEVOIR ASSUMER TES RESPONSABILITÉS ET ME PRENDRE POUR ÉPOUSE !
AH...
ZZZ
OUI, JE SUIS ON NE PEUT PLUS LAMENTABLE.

PEU DE TEMPS APRÈS, LE CIEL S'EST ÉCLAIRCI ET LES RUES ONT COMMENCÉ À SE REMPLIR DE TRAVAILLEURS SUR LE CHEMIN DU BOULOT.
MAIS, MOI, JE SUIS RESTÉ LÀ SANS BOUGER.
TROUBLÉ À L'IDÉE QU'ELLE PUISSE AVOIR FROID, ALLONGÉE SUR CE BANC.
JE SUIS RESTÉ LÀ, JUSQU'À NE PLUS SENTIR MES JAMBES ET À AVOIR L'ESPRIT COMPLÈTEMENT EMBRUMÉ.
AH ! IL DORT ENCORE !

DÉSOLÉE… TU PEUX LE RÉVEILLER, SI TU VEUX.
NON, ÇA VA.
JE N'AI PAS DE RENDEZ-VOUS AVANT UN MOMENT.
Il peut rester là tant qu'il n'y a personne.
IL DOIT ÊTRE DÉBORDÉ.
C'EST PARCE QU'IL TRAVAILLE PRINCIPALEMENT LA NUIT.
Il est plus concentré.
ZZZ...
IL N'EST PAS CENSÉ ÊTRE… UN "PROGRAMMEUR CHARISMATIQUE" ?
Il devrait tout expédier en moins de deux, non ?
C'ÉTAIT UNE EXCEPTION, L'AUTRE JOUR.
SHIRO EST COMPLÈTEMENT DIFFÉRENT QUAND UN TRAVAIL LE PASSIONNE OU PAS.
QUAND IL FAIT DES NUITS BLANCHES, C'EST QU'IL EST VRAIMENT À FOND DEDANS.

MOI, JE SUIS PERSUADÉE QU'IL SERAIT PLUS EFFICACE S'IL RÉPARTISSAIT CORRECTEMENT SON TEMPS DE TRAVAIL, POUR GARDER UN RYTHME STABLE.
CE QU'ELLE DIT NE ME MONTRE PAS SOUS MON MEILLEUR JOUR !
JE N'OUBLIERAI JAMAIS SES MOTS, CE JOUR-LÀ.
JE LA CROISAIS PARFOIS, EN VILLE.
ELLE TRAVAILLE PEUT-ÊTRE DANS LE COIN ?
C'est trop cher...
IL M'ARRIVAIT AUSSI DE LA SUIVRE...
... PRÊT À FAIRE CROIRE QUE C'ÉTAIT UNE COÏNCIDENCE, SI ON SE CROISAIT.
C'EST STUPIDE. QU'EST-CE QUI CLOCHE CHEZ MOI ?!
APPUYEZ SUR LE BOUTON

ÇA FAIT UN BAIL, KAORU.
QU'EST-CE QUE C'EST ?
ÇA ? EH BIEN, EN FAIT...
ZZZZ
ET DANS DES CAS COMME CELUI-CI, JE NE PEUX RIEN FAIRE D'AUTRE QUE DE FAIRE SEMBLANT DE DORMIR.
DEVANT TOI, JE SUIS TOUJOURS LAMENTABLE.

À suivre...

AND

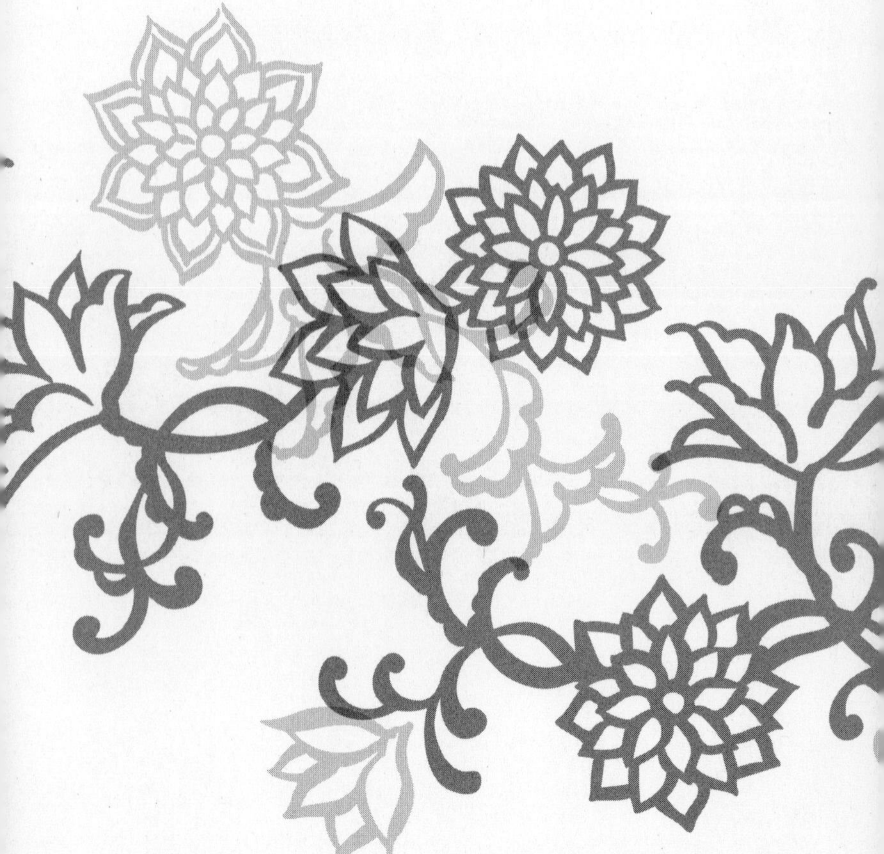

AS-TU...
... DÉJÀ ÉTÉ AMOUREUX ?
Le passé du docteur Yagai s'est éclairci.
Lorsqu'il l'embrasse soudainement, Kaoru est troublée.
ABSOLUMENT TOUT CE QUI EST DESTINÉ À UN PUBLIC FÉMININ DANS LA VINGTAINE...
... PARLE D'AMOUR, TU SAIS !

POURQUOI TU ES AUSSI PANIQUÉE POUR UN MALHEUREUX BAISER ?
TU N'ES PLUS UNE GAMINE.
Puis…
PARCE QUE J'AI CRU QUE C'ÉTAIT DE L'AMOUR.
À suivre dans le tome 2 de
&
AND

Ce manga est publié dans son sens
de lecture originale, de droite à gauche.

Ici, vous êtes donc à la fin.

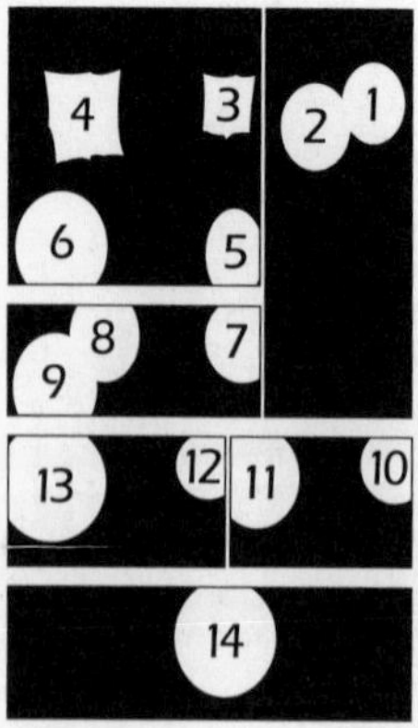

& vol. 1

Achevé d'imprimer en février 2021 • Dépôt légal : mars 2021
d/2021/0086/145 • ISBN 978-2-5050-8101-2

Traduit et adapté en français par Aline Kukor
Conception graphique : Sign*
Adaptation graphique : Eric Montésinos

Imprimé en Italie par Grafica Veneta Spa,
Via Malcanton 2, 35010 Trebaseleghe (Pd)

PEFC
PEFC/18-31-280
Certifié PEFC
Ce livre est issu
de forêts gérées
durablement et de
source contrôlées
www.pefc-france.org